W1LL1AM

MASØN CØ1LE

W1LL1AM

Tradução
ALINE S. PEREIRA

Planeta minotauro

Título original: *William*

Preparação: Marcela Prado Neublum
Revisão: Thiago Bio e Wélida Muniz
Projeto gráfico e diagramação: Matheus Nagao
Capa: Fabio Oliveira
Imagens de capa: Yolande de Kort / Trevillion Images;
Sergey Eremin / Shutterstock

Dados Internacionais de Catalogação na Publicação (CIP)
Angélica Ilacqua CRB-8/7057

Coile, Mason
William / Mason Coile ; tradução de Aline S. Pereira. -- São Paulo : Planeta do Brasil, 2025.
224 p.

ISBN 978-85-422-3193-9

1. Ficção canadense 2. Horror I. Título II. Pereira, Aline S.

25-0491 CDD C813

Índice para catálogo sistemático:
1. Ficção canadense

MISTO
Papel | Apoiando o manejo florestal responsável
FSC® C112738
FSC www.fsc.org

Ao escolher este livro, você está apoiando o manejo responsável das florestas do mundo

2025
Todos os direitos desta edição reservados à
Editora Planeta do Brasil Ltda.
Rua Bela Cintra, 986, 4º andar – Consolação
São Paulo – SP – 01415-002
www.planetadelivros.com.br
faleconosco@editoraplaneta.com.br

Para a minha família.

1.

Cada manhã parecia a primeira para Henry. Talvez isso tivesse a ver com o fato de trabalhar com códigos, aquelas sequências detalhadas de números aparentemente sem importância que davam vida a alguma coisa, a algo que jamais existira antes. Ou talvez fosse porque sua aversão a sair de casa tinha ficado tão grande que havia muito tempo desistira de tentar, agarrando-se à única maravilha que ainda estava ao seu alcance. Lily. A mulher sentada na cadeira ao lado de sua cama, sorrindo daquele jeito adorável e levemente atormentado que ele, às vezes, via como o efeito colateral de um amor avassalador e, em outras, somente como pena.

— Foi uma noite ruim — diz ela.

— Eu estava roncando?

— Você estava tendo um pesadelo. Acordou como se eu tivesse disparado uma arma perto do seu ouvido.

— E disparou?

Os óculos dela são redondos, grandes demais para seu rosto, de um jeito que corta o coração de Henry. Ela os coloca contra a testa.

— Com o que sonhou?

— Com a mesma coisa — responde ele. — Mais ou menos.

— Me conta.

— Por quê? Sonhos são estúpidos. Não temos coisas mais importantes para...?

— Os sonhos mostram quem somos — interrompe a esposa, e arrasta a cadeira um pouco mais para perto, tocando o queixo com um interesse de médico. — Não acha que todos nós precisamos de uma ajudinha com isso?

Henry interpreta o "todos nós" como se fosse dirigido apenas a si mesmo. *Ele* precisava de ajuda para saber quem é. É típico de Lily dizer algo assim: solidário e curioso na superfície, mas passivamente superior. O desejo de tê-la ao seu lado é tão grande que ele a perdoa por fazê-lo se sentir uma piada, algo que talvez ela compartilhe mais tarde com os amigos para diverti-los. Ou, pior, para despertar pena neles.

— É a nossa casa. Esta casa — conta Henry. — Estou andando pelos corredores como se não tivesse controle dos meus movimentos. Vagueando, sabe?

— Sei.

— E subo a escada para o segundo andar. É aí que começo a ficar com medo.

— Medo de...?

— Não disso. Não exatamente...

— Então é...?

— Uma sensação. Como se eu soubesse que uma coisa ruim vai acontecer, mas não pudesse impedir.

— E você não consegue acordar.

— Não consigo fazer *nada* a não ser seguir para onde tenho que ir.

— O sótão.

— A escada para o sótão, isso. É onde eu paro. Fico olhando para a porta. Só que é diferente da porta real. Essa está coberta de correntes e cadeados, de cima a baixo. Como se quem os colocou ali achasse que nunca seriam suficientes e continuasse acrescentando mais e mais.

Nunca dá para prever o que vai prender a atenção de Lily e o que vai fazer com que ela se distraia e o deixe sozinho com o que considera ser "os projetos de estimação" dele. Henry muitas vezes sente que existe um fio de conversa ainda não explorado que a manteria ao seu lado por mais tempo, talvez até a trouxesse de volta de vez, se ao menos conseguisse encontrar o tema ou o assunto certo. No passado, cometera o erro de pensar que ela queria que ele fosse mais divertido. Mas, depois de tentar imitar o charme dos protagonistas dos filmes dos quais ela gosta, notou que quanto mais se esforçava, menos sedutor ela o achava. Isso o faz querer perguntar o que ela considerava mais atraente nele antes de se casarem – alguma qualidade que ainda possua e que possa tentar reforçar –, mas teme que ela diga que não se lembra.

— E depois? — pergunta ela.

— Ouço uma voz atrás da porta.

— A voz daquilo.

— É.

— Mas não conseguiu entender o que dizia.

— Das outras vezes, não. Mas desta vez consegui.

Ela se endireita na cadeira.

— E o que era?

— Estava citando alguma coisa. Trechos de um livro. Um poema ou romance. Talvez a Bíblia? Algo que tinha decorado. E estava falando sério.

— Como assim?

— As palavras não eram suas, mas eram a verdade do seu ser. Como se fosse outra voz falando através daquilo.

— O que a voz disse?

— "Eu sou o espírito da eterna negação, pois todas as coisas que existem merecem perecer."

— Você *decorou* isso?

— Acho que foi marcante.

— Merda. — Ela estremece, um gesto teatral que se transforma em um tremor genuíno. — *Eterna negação.* Meio sombrio, Henry.

— Não estava pensando no significado disso enquanto acontecia. Só percebi que, fosse o que fosse, aquela coisa estava falando sério.

— Pelo menos isso fez você acordar.

— Não foi isso que me acordou.

— O que foi, então?

As trancas não vão aguentar. É o que Henry se lembra de ter sentido, mas não diz para não assustar Lily. *Nem mesmo todas as correntes e todos os cadeados do mundo fariam diferença.* Porque o que o deixava apavorado não era a coisa do outro lado da porta, mas a nova presença que havia se juntado a ela. Algo que não poderia ser contido.

— Um sussurro — responde Henry, enfim. — Mas, quando me aproximei, percebi que não era um sussurro. Era uma mão. Dedos roçando o lado de dentro da porta. E então... *bum!* Algo bateu contra a madeira, com força o suficiente para rachá-la. Foi isso que me acordou.

Lily estremece de novo.

— Bem, você está aqui agora.

— Onde mais eu estaria?

— Essa foi boa — responde ela, balançando a cabeça com um misto de humor e tristeza que ele considera sua marca registrada, embora às vezes se pergunte se não está interpretando errado. Talvez sempre tenha se perguntado. — Essa foi boa.

2.

As coisas não vão bem entre eles, mas não estão tão ruins assim. Essa é a crença que ele sustentou por tanto tempo que se tornou um clichê, tão reconfortante como acreditar que existe um paraíso à nossa espera após a morte. Mas às vezes, como agora, teme que sua avaliação sobre a distância transponível entre ele e a esposa seja um erro de julgamento – o mesmo cometido por milhões de maridos um pouco antes do fim. Normalmente não sente falta de ter amigos, mas quando esse pensamento surge, sente. Talvez fosse útil conhecer um homem da sua idade e com a mesma experiência que pudesse lhe dizer se seus problemas eram benignos ou terminais.

Mas Lily está aqui agora. Pode ser que não existam palavras mágicas para fazê-la ficar, mas mostrar sua preocupação por ela com certeza não faria mal. Assim que abre a boca para falar, percebe que talvez esteja errado quanto a isso também.

— Como você se sente?

— Estou grávida, Henry, não doente.

— Claro. Claro que não. É que sei como às vezes pode ser desconfortável para as mulheres. O processo. É compreensível.

— O processo?

Ela ri de forma breve, resignada, mas não sem certa afeição. *Ele é inútil, mas está tentando.* É assim que ele interpreta. Nos últimos tempos, tem sido o melhor que consegue.

— Quando vamos...

— Não.

— ... conversar?

Ele se endireita contra a cabeceira da cama, estendendo a mão até a barriga arredondada da esposa para sentir a vida ali dentro, mas ela se afasta. Uma hesitação. Foi isso que ele viu? Não um recuo, o ato de não querer ser tocada, mas um reflexo do corpo. Era como se ela se afastasse dele com repulsa, e não com raiva, frieza ou mágoa.

— Hoje, não — responde ela. — Em breve.

— É solitário acordar neste quarto sozinho.

— Eu sei.

— Quanto tempo mais eu...?

— *Hoje*, não. — Ela se afasta tão de repente que os óculos escorregam de novo para a ponta do nariz.

Henry era um tolo quando se tratava de casamento e se esforçava para entendê-lo com o desespero desajeitado de um homem que, se afogando, tenta manusear um colete salva-vidas. Mas sabia o suficiente para perceber quando devia deixar quieto. Às vezes era preciso esperar que aquele machucado dolorido escurecesse antes de desaparecer, mesmo que, olhando para trás, não conseguisse se lembrar do golpe que o havia causado.

Lily vai até a janela do outro lado do quarto.

— Abrir cortina — diz ela.

A pesada cortina se abre sozinha. A luz da manhã passa por uma fresta, depois se expande pelo espaço.

Henry pisca, ainda sentado na cama, em parte devido à claridade, em parte para se proteger da desolação do quarto. Uma única cadeira com ripas de madeira entalhada no encosto (os nós salientes e incômodos para quem se apoia nela). Um tapete pequeno demais para o ambiente, deixando os cantos frios e expostos. A cama de casal que acomoda confortavelmente uma só pessoa. A organização meticulosa de um quarto de hóspedes vazio.

— Abrir janela — diz Lily.

A pesada vidraça automaticamente se abre. Agora, em vez de luz, é o ar que roça sua pele. Ela o inspira: o aroma fresco e mineral do outono, o qual associa a uma caverna virada do avesso.

O sol se derrama rua abaixo e respinga nos olmos e nas paredes de cedro da casa dos vizinhos, manchando tudo de tons laranja e ferrugem. É a parte da cidade onde os ricos costumavam morar, donos de fábrica, médicos e destiladores. Após algumas décadas de negligência, um novo grupo de profissionais – investidores de startup, trabalhadores de tecnologia que fazem home-office e consultores especializados em certos nichos – havia chegado para fazer reformas de bom gosto e pendurar cadeiras de balanço na varanda.

Dava para tirar sarro disso; o bairro parecia um parque de diversões nostálgico. Lily às vezes tirava, e usava esses exatos termos. Mas também era incontestavelmente encantador, as propriedades largas e compridas, cada fachada uma defesa arquitetônica da América, ou da ideia de América. Não era um condomínio fechado, mas sua exclusividade era visível. A fantasia de cidade universitária do norte do estado, que há muito se pensava extinta, voltava à vida no conjunto de quarteirões de cada um dos lados.

Até os sons da manhã eram agradáveis. Cantos de pássaro e balbucios de criança na calçada, a caminho da escola, drones de entrega se esquivando lá no alto por entre os galhos, zunindo como abelhas. Lily olha para os pais conduzindo os filhos ou levando-os nos ombros e fica pensando com qual deles vai fazer amizade quando se juntar ao grupo.

Leva um segundo para entender por que as crianças estão vestidas daquele jeito. Super-heróis baixinhos, assassinos com máscaras de hóquei e bruxas de rosto verde a caminho da creche. As decorações estavam na casa dos vizinhos há duas semanas, mas se acostumara com elas e esquecera o motivo pelo qual haviam sido colocadas lá. Em quase todos os gramados há um cemitério de papel machê, e em quase todas as árvores, uma teia de corda e uma aranha feita de sacos de lixo cheios. Não há nada disso na propriedade de Lily e Henry. Eles nunca decoraram a casa para esse ou qualquer outro feriado.

— Halloween — diz ela.

— O quê?

Ela fala mais alto, sem se virar:

— É manhã de Halloween.

— Devemos comprar doces?

— Nós alguma vez distribuímos doces?

Ele pensa na pergunta como se ela escondesse uma charada.

— Não — responde. — Mas podemos começar.

— Não temos nenhuma lanterna de abóbora na porta, nem luzes ou decorações. Ninguém vai vir até a nossa casa.

— Uma ida à loja. É só o que precisamos.

Ela agora olha para Henry. Um instante que se transforma em um momento de apreciação profunda, seus ombros baixando devagar, cedendo.

— É uma boa ideia. E é gentil da sua parte sugerir isso. Mas acho que nós dois sabemos que você não vai até a loja, Henry. E mesmo que fosse, mesmo que pudesse, consegue se imaginar abrindo a porta para estranhos?

— Você tem razão — concorda ele, balançando a cabeça. — Acho que não conseguiria.

— Não sem eu ter que ligar para a emergência.

Ele bufa. É o sinal que faz a ela, reconhecendo como a vida dos dois é moldada daquela maneira devido às deficiências dele, e somente dele.

Ela cruza os braços e volta a olhar para fora, uma atitude que ele decide interpretar como satisfação. Errou em pressioná-la a falar. A gravidez provocava uma tempestade química no corpo, lera tudo sobre o assunto. Isso significava que Lily estava atravessando ondas invisíveis aos olhos dele. Não tinha o direito de exigir a atenção dela. E ele havia dedicado tanto tempo ao trabalho, à própria criação, que agora se via obrigado a ser paciente.

— Tem bastante coisa na geladeira — diz ele. — Vou fazer omelete para a gente.

Ela franze o cenho.

— Você não se lembra, não é?

— Aparentemente, não.

— Vamos receber algumas pessoas para o brunch. Paige e Davis.

— Eu esqueci. Seus antigos colegas de trabalho.

— Achei que seria bom para você conversar com alguém que não seja eu, para variar.

— É — concorda ele. — Boa.

— Estou tentando te ajudar.

— Eu sei. Mas preciso fazer isso sozinho.

Mais uma vez, ela inclina a cabeça para o lado dele, com um interesse inesperado.

— Fazer o quê?

— Me livrar do que quer que esteja me assustando aqui. — Ele dá batidinhas na lateral da cabeça. — E acho que agora eu consigo.

— Por quê?

— Porque já sei a causa. Quanto mais eu trabalhava no meu projeto, pior a fobia ficava. Então preciso me afastar e, quando o bebê chegar, vou…

— Você não precisa…

— … conseguir ir lá fora.

Ela aperta os lábios e os entreabre, úmidos.

— O que faria se conseguisse fazer isso?

— Passearia com ela no carrinho. Levaria ela ao parque.

— Ela?

— Acho que imaginei uma menina… não que isso importe. Só não quero mais continuar doente. Por ela. Ou ele.

Lily vê sua sinceridade e isso a enternece. Descruza os braços e ergue as mãos, estendendo-as para ele por um breve instante, antes de pousá-las outra vez ao lado do corpo.

— Como vai fazer isso?

— Lembrando este momento. Como me sinto neste exato momento.

— Uma doença como a sua não é só questão de motivação, sabe? Não se trata apenas de *sentimentos*.

— Você está certa. É uma questão de força de vontade, de me dedicar às coisas em que eu deveria ter me concentrado há muito tempo.

— Você *anda* concentrado — sugere ela. — Tem estado tão envolvido no seu projeto.

— Envolvido demais. Me desculpe por isso também.

Ele tem que fazer alguma coisa. Agora mesmo. Uma abertura surgiu, tem certeza. A ocasião para uma demonstração de afeto, um presente espontâneo, uma súplica. O tipo de gesto para o qual leva menos jeito. Mas a ideia de Lily ir embora com essas perguntas pairando sobre os dois precisa ser amenizada de alguma forma.

— Eu te amo, Lily.

Ela aperta os lábios, que formam linhas finas. Poderia ser o começo de um sorriso. Fica sem saber se é isso ou se ela está se preparando para dizer algo desagradável quando um homenzinho de cartola entra pedalando no quarto.

3.

Demora um instante para que Lily compreenda o que está vendo.

Um boneco vestindo uma capa coberta de estrelas e uma cartola costurada à cabeça de modo grosseiro, andando de bicicleta. Um rosto de plástico com bochechas de um vermelho-cereja e uma boca grande e oval. Tem apenas trinta centímetros e avança com a certeza de um filhote tropeçando nas próprias orelhas, mas seus movimentos são mais perturbadores do que cômicos. Cada parte foi comprada pronta, mas modificada manualmente: os joelhos motorizados, a roupa de mágico mal-ajustada. Um mutante customizado.

Lily dá um passo involuntário para atrás, mas o boneco a escolhe como alvo. Rangendo e avançando de modo vacilante, os joelhos saindo de debaixo da capa e desaparecendo outra vez a cada pedalada. A cartola está mal encaixada na cabeça, de maneira que escorrega para a frente e para trás repetidas vezes. Agora está caída sobre a testa, escondendo o rosto, deixando o queixo como o único traço visível. No cavanhaque, a penugem púbica de uma barbicha preta.

— Bem — comenta ela. — Isso é novo.

— Que estranho. Achei que tivesse desligado antes de deitar.

— O que *é* isso?

— Um pequeno mágico. Andando de bicicleta.

— Certo, isso eu sei. O que eu quero saber é por que você construiria algo assim.

— É um estudo de equilíbrio, para ver se consigo fazê-lo pedalar sem cair. Um teste preliminar para William, quando for aprimorá-lo e der a ele mobilidade…

— Você pode desligar?

— Ele só deve ter mais uma hora de bateria mesmo, então…

— Pode desligar? Por favor? Não gosto dele.

Ela observa o pequeno mágico girando ao redor dos seus pés, a cartola preta voltando a balançar para a frente e para trás de um modo que Henry pensou que seria fofo, mas agora vê que é perverso.

Henry sai da cama, ajoelha-se e posiciona as mãos no chão na forma de um V, pronto para encurralar o brinquedo. Mas quando aqueles joelhos pedalantes e o chapéu oscilante obsceno saem de trás dos sapatos de Lily em impulsos desequilibrados e começam a seguir em direção a Henry, o mágico faz uma coisa inesperada. Ele vira o guidão para a direita, quase tombando, e desvia de Henry.

— Está tentando fugir — comenta Lily, meio alarmada, meio impressionada.

— Era para vir até mim. Acho que ele pensa que as minhas mãos são uma parede ou algum outro objeto que deve evitar.

— Hum. Você consegue controlá-lo? Ou vamos ter que viver com ele pedalando pela casa?

— O comando de direção está conectado ao wi-fi. Eu teria que fazer login para acessá-lo.

— Certo. Vai *pegá-lo*, então?

— Ele não vai a lugar nenhum.

— Bom, vai, *sim*, porque ele agora está no corredor.

Ela tem razão. Consegue ouvi-lo sobre as tábuas do assoalho. Outra surpresa. O mágico saiu pela porta com mais rapidez do que durante os testes.

Decidido, Henry sai do quarto e vai até o corredor, dizendo a si mesmo para andar com firmeza, sem se precipitar. Um homem no controle. Um homem indo recobrar a normalidade do seu lar. Um homem.

O pequeno mágico está pedalando em direção à escada que dá para o sótão. Suas pedaladas vão ficando melhores enquanto Henry o observa. Ocorre a ele a possibilidade de que, antes, o brinquedo estivesse apenas fingindo cambalear. Uma simulação, apesar de saber que é impossível que o boneco formule esse tipo de estratégia.

Ele alcança o pequeno mágico no exato momento em que está fazendo uma curva, a fim de evitar uma colisão com o degrau da escada. Henry olha para a porta no topo, a porta de seus pesadelos, protegida por apenas um cadeado, e não uma dúzia. Sem correntes. De um modo ridículo, ele deseja que elas estivessem lá.

— Abracadabra! — exclama, erguendo a bicicleta e o condutor do chão, a capa esvoaçando.

Henry abre a cartola e, com o polegar, aperta o botão da energia que instalara no topo da cabeça do boneco. A bateria deve ter acabado quase ao mesmo tempo, porque poderia jurar que o pequeno mágico parou de pedalar e ficou imóvel meio segundo antes de o botão ser pressionado.

Ele olha pelo corredor e vê Lily parada do lado de fora do quarto de hóspedes. Ela também reparou. O intervalo entre o mágico se fingir de morto e Henry desligar sua energia.

— Peguei o desgraçado — diz ele.

Lily se vira e começa a descer a escada, o que o impede de ver se ela está tentando conter as lágrimas ou algum outro sentimento.

4.

A casa é uma daquelas mansões vitorianas no alto da colina, subindo a partir do centro da cidade. Aparenta ser velha, está cheia de coisas antigas e pertenceu a uma série de pessoas idosas ao longo do tempo, que saíram de lá em um caixão. Mas, se olhar de perto, a casa revela todas as formas pelas quais se diferencia das outras.

Acender as luzes, aquecer a água, abrir, fechar e trancar as portas – tudo é feito pelo comando da voz de Henry ou Lily. A casa inteira é conectada à internet, mas de um modo sutil. Fora os discretos teclados embutidos nas paredes aqui e ali, parece tradicional: lareiras com tijolos originais no andar principal e no quarto de hóspedes, armários de pinho na cozinha, móveis beirando o antiquado. Ainda assim, em termos tecnológicos, a casa é avançada em um nível que vai muito além de qualquer dispositivo inteligente comprado em loja.

E Henry instalou tudo isso sozinho.

Após o que chama de "início dos sintomas", transformou o sótão do terceiro andar em um laboratório e pediu que Lily mandasse entregar em casa o sistema de segurança e outras peças de hardware para que ele modificasse cada uma delas pessoalmente antes de instalá-las. Pedir isso a Lily faz parte de um acordo tácito entre eles: ela gerencia as finanças. Quase todo o dinheiro é dela, de qualquer forma, depois da venda das ações da companhia de software que ela fundou, então faz sentido. E, como o próprio Henry admite, ele é péssimo em negociar com vendedores ou avaliar o custo das coisas – as coisas "do mundo real" com que sua esposa sempre soube lidar melhor.

Os dois são engenheiros. Ele trabalha com robótica; ela, com computação, embora "as duas áreas se conectem de inúmeras maneiras", como ele gosta de lembrar a ela, sempre em busca de pontos em comum. Conheceram-se na pós-graduação, onde eram estrelas em seus respectivos campos de atuação antes de dividirem um laboratório onde suas habilidades se mesclaram em projetos conjuntos. Apaixonaram-se pelo trabalho. Apaixonaram-se um pelo outro. Ele sente muito mais confiança em dizer quando exatamente surgiu a primeira paixão do que se arriscar quanto à segunda.

Em algum ponto do caminho, concordaram com seus respectivos papéis: ele, o nerd socialmente desajeitado com neuroses não tratadas; ela, a mulher de negócios sentada em cima de milhões, mas inquieta por mais. Mais dinheiro, supõe-se, embora a possibilidade de ser outra coisa seja um dos aspectos que ficam em aberto.

Henry frequentemente revisita a história de sua vida com Lily, na esperança de que isso o faça lembrar-se da substância resistente que fundamenta a união. Afinal, ele foi o homem que ela escolheu, e não um dos outros candidatos que balbuciaram e se esforçaram para estabelecer contato visual com ela durante aqueles anos. Mas a recordação só realça todas as decisões alternativas que ela poderia facilmente ter tomado.

O importante é afirmar o que o torna especial. Neste exato momento, é sua criação. A coisa do outro lado da porta do sótão.

Sem querer, começa a subir a escada, como se tivesse sido convocado. Cada passo é uma pesada confirmação de sua relutância.

— Destrancar porta do laboratório — diz.

O sólido estalido do trinco saindo da fenda. Na sequência, o cadeado. Henry tira uma chave do bolso. Respira fundo e ouve o ar assobiando pela garganta apertada.

— Abrir porta do laboratório.

5.

O laboratório de robótica ocupa todo o sótão do terceiro andar da casa. Um caos de bancadas cobertas de discos rígidos e monitores, uma mesa grande com máscaras de borracha e partes de corpo de plástico empilhadas. Um pé descalço em cima de um manual técnico, como se tivesse acabado de pisoteá-lo para fechá-lo. Um braço pendurado na beira da mesa, tentando alcançar uma maçã machucada no chão. Os pontos de LED no teto projetam cones brancos de luz, deixando o restante do cômodo na penumbra.

Henry entra na sala e tenta parecer relaxado, embora seus braços se tensionem de modo involuntário, como que para bloquear um ataque iminente.

— Estou aqui.

A voz é profunda, quase sedada. Um balbucio arrastado, como se viesse de alguém no fim de uma noite de bebedeira levando o último gole aos lábios. Mas não há fraqueza nela. Uma voz que sugere um conjunto de experiências que é melhor não explorar.

— Não estou te vendo — diz Henry, e sua voz soa como uma lata de sopa vazia jogada na rua.

— Aqui.

Henry leva um segundo para encontrar a sua criação sentada em um banquinho no canto.

O robô segura um pequeno rádio de pilha ao ouvido, escutando o que parecem canções da Broadway. Desde o começo, ele tem escutado o mundo dessa forma, trocando de estação de modo aparentemente aleatório. Da música infantil ao country, de locutores polêmicos à rádio pública. Ocorre a Henry que o aparelho é o único presente que o robô recebeu sem pedir.

Whether I find a place in this world or never belong
I gotta be me, I've gotta be me[1]

O robô desliga o rádio e o coloca sobre a bancada mais próxima. Seus movimentos são mais lentos que os de um humano, premeditados, como se estivesse movendo peças de xadrez de acordo com um padrão previsto em sua mente.

— Obrigado pelos livros — diz.

O robô estende uma das mãos, hesitante e letárgica como a cabeça de uma cobra, e pega um livro do alto de uma pilha. Há pelo menos uma dúzia. As páginas estão inchadas devido à umidade, as capas onduladas, com sinais de desgaste.

— Este é o meu favorito — diz. — *Fausto*.

— Você leu todos?

— Alguns, duas vezes. As partes boas, pelo menos.

— Eu te dei esses livros ontem.

1. Versos da canção "I've Gotta Be Me", de Sammy Davis Jr. "Se eu encontrar um lugar neste mundo ou nunca fizer parte dele / Preciso ser eu mesmo, preciso ser eu mesmo." (N.T.)

— Foi uma longa noite. — Ele alisa a capa da edição em brochura que tem na mão. — Você já leu?

— Não.

— Acho que vai se identificar.

— Ah, é?

— Um homem ambicioso faz um pacto com um demônio que acredita poder controlar, um contrato assinado com sangue une os dois para sempre…

— Não acredito no sobrenatural.

— Mas você é o meu criador. E o que existe de natural em mim?

O robô – Henry deu a ele o nome de William – se inclina um centímetro para a frente e é parcialmente revelado pelo foco de luz mais próximo.

William está usando o que chama de "minha melhor roupa", embora seja a mesma vestimenta de todos os dias. Um terno de tweed que pinica. Uma gravata frouxa, com o nó do tamanho de um punho. A camisa pequena demais no pescoço, mas abotoada até o topo mesmo assim, de modo que o colarinho aperta sua garganta como uma corda. O tecido grosso, a camisa apertada… Olhar para isso deixa Henry febril, mesmo com o sótão refrigerado pelo ar-condicionado.

Como Henry construiu William sozinho, e porque seu foco estava na consciência da máquina, não no corpo, olhar para o robô é perturbador. Às vezes, Henry o acha um pouco assustador. Existe algo artificial, *estranho*, em todos os aspectos de sua aparência. O rosto, principalmente. Uma pele falsa com textura de borracha cobre o crânio de aço. Olhos arregalados, redondos como bolinhas de gude. Orelhas do tamanho de cinzeiros, da cor de leite coalhado. Tudo isso impede que seja confundido com um humano, independentemente da distância, independentemente de quanto se atenha às sombras.

O corpo tampouco saiu melhor. Na verdade, é apenas metade de um corpo: torso, braços e cabeça. A calça está apertada com cinto, bem alta no peito, as pernas vazias pendendo para fora do banquinho como um par de bandeiras sem vento para movimentá-las.

— Você parece animado esta manhã — comenta William. — Sua esposa finalmente levantou o lençol e deixou você entrar?

Henry sabe que o melhor é não responder às provocações do robô. Isso apenas inclinaria a balança a favor de William, já que ele é mais hábil em descobrir o que deixa Henry irritado do que o contrário. Na verdade, Henry não sabe se William é capaz de sentir raiva. Um ódio reprimido, amorfo, talvez. Henry já presenciara lampejos disso. Mas não a raiva que sente crescendo em si agora.

— Vá caçar o que fazer — diz Henry.

— Mas eu não *tenho* o que fazer. Não tenho pernas para me levar a um lugar onde possa *encontrar* o que fazer. E, como você não me deixa sair desta sala, meu afazer se limita a você.

— Lamento não ser uma companhia mais interessante.

— Oh, você é interessante o suficiente — retruca William, cada palavra revestida de falsidade.

O robô joga o livro sobre a mesa, onde gira no lugar antes de parar com a lombada de frente para Henry. Com a mesma mão, ele luta para agarrar a borda da mesa, seus dedos estreitos e compridos como lápis escorregam da madeira envernizada. Quando param no lugar por mais de um segundo, ele puxa.

Henry espera que o robô caia no chão. Em vez disso, o banquinho desliza para a frente com um guincho alto como o de um rato. Com a mão livre, William tateia a beirada de outra mesa e repete a ação. Uma puxada, um guincho, puxada, guincho. Sob a iluminação fraca, parece avançar por meio de uma combinação impossível de movimentos que vão das cócegas à levitação.

— Você pôs rodinhas na cadeira — comenta Henry.

— Espero que não se importe. Você deixa tantas coisas úteis por aí.

— Me importar? Estou impressionado.

— Um patamar baixo. Ainda não consigo dançar foxtrote, mas é melhor do que nada.

Henry não gosta de como ele é capaz de se mover agora. Não é só o fato de ser capaz, mas a forma como o faz. As mãos pálidas acariciando as bordas da mesa. As rodinhas rangendo sobre o chão. O olhar de triunfo que o robô tenta expressar com o rosto paralisado.

— Estou curioso — fala Henry. — Para onde acha que essas rodinhas vão te levar?

— Não sei. Imagino que até os quatro cantos da minha cela.

— Isso não é uma prisão.

— Você sabe que é. Afinal, somos ambos prisioneiros.

— Isso não é…

— Já se perguntou por que não consegue sair deste lugar?

Henry sabe que não deveria responder, mas não tem alternativa. Deixar o robô ter a última palavra? Ir até lá e chutar o banquinho para ele cair? Tudo o que poderia fazer é pior do que revidar.

— Chama-se transtorno de ansiedade — responde Henry. — Já te falei.

— Você me falou muitas coisas.

— Gostaria de não ter falado.

— Você precisa confiar em alguém, não precisa? Para ser sincero, não tenho tanta certeza sobre sua esposa. — William inclina a cabeça como se o pensamento tivesse acabado de lhe ocorrer. — Como você tem certeza de que ela não é a causa do seu transtorno?

— Porque eu a amo.

O robô dá risada ao ouvir isso, um gorgolejo espesso na garganta que soa quase como um engasgo.

— Você é solitário por "amor". Está preso aqui por "amor".

— Você não sabe nada sobre isso. Não conseguiria saber.

— Sei que você precisa sair. Precisa sentir o que há do mundo.

— Não preciso do mundo. Só preciso dela. — Henry percebe que não deveria ter dito isso. Nenhuma dessas coisas, mas esse último sentimento em especial. É revelador demais, sincero demais, fraco demais. Mas então ele diz algo ainda mais revelador, sincero e fraco. — Da minha família.

— Então seu problema não é ansiedade. É falta de ânimo.

Eles ouvem a campainha tocar dois andares abaixo. É um som tão pouco familiar que Henry se sobressalta. William parece ficar tenso também, embora não devido à surpresa. É a atenção aguçada de um animal farejando uma presa a distância.

— Quem é? — pergunta o robô.

— Temos visitas.

William enrola a língua contra a parte de trás dos dentes superiores, um tique que Henry passou a ver como marcadamente reptiliano.

— Vocês nunca recebem ninguém — diz William.

— Hoje vamos receber. — Henry se afasta, mas não quer que o robô saia de seu campo de visão, então se demora na entrada do laboratório. — Tenho que ir.

— Antes de ir, faça-me o favor de dizer quem está à porta.

— Amigos.

— Não seus, com certeza.

— Colegas de trabalho da Lily. Ex-colegas de trabalho.

— Funcionários — corrige William. — Lily era a dona da empresa.

— Eu te contei isso?

Henry não se lembra de ter contado. É o tipo de coisa que teria o cuidado de não compartilhar com William, mas imagina que seja possível que, após noites mal dormidas, tenha falado alguma coisa.

— É melhor você ir — fala William, ignorando a pergunta. — Os amigos de sua esposa devem estar ansiosos para conhecer o marido misterioso.

Quando já está descendo a escada é que Henry percebe que não havia contado a William que nunca conhecera os amigos de Lily.

6.

Henry para a cinco passos do fim da escada principal, fora do campo de visão das pessoas que estão na sala de estar à direita, mas perto o bastante para ouvi-las.

Há um homem e uma mulher com Lily. A voz da mulher é baixa e irritante. Faz Henry pensar no ronco de um limpa-neve e no chiado intermitente da lâmina raspando o asfalto. O homem soa atraente. Henry não sabe explicar como ou por quê, mas é inconfundível. É como se ele tivesse uma certeza de si mesmo que nunca transparece na voz de Henry, mesmo aos próprios ouvidos. Henry tenta imaginar a voz do homem em alguém atarracado ou bajulador ou desagradável, mas não consegue.

— Não esperava que fosse tudo tão velho — fala a mulher.

— Velho, não — contesta o homem. — Antigo.

— Quer fazer o favor de explicar a diferença?

— Eu digo — interpõe Lily. — Uma margem de lucro de mil por cento.

Os três riem como atores em uma peça. Pelo menos é o que parece a Henry. Uma produção elegante da Broadway, com membros da Ivy League interpretando membros da Ivy League, rindo com a plateia do mundo tolo do lado de fora do teatro.

— O homem da casa vai descer para se juntar a nós? — pergunta a mulher, seus lábios articulando "homem" com aspereza.

— A qualquer minuto — responde Lily. — Henry gosta de conferir o laboratório primeiro.

— No que ele está trabalhando lá em cima? — indaga o homem.

— Não sei muito bem — diz Lily. — Henry é muito discreto sobre isso. Ele chama de "trabalho em andamento".

— Deve estar enchendo um HD com vídeos pornô — comenta a mulher, e se felicita com uma única risada.

— É por isso que ninguém te convida para ir aos lugares, Paige — fala o homem.

— Ah, qual é? Sou divertida nas festas — diz ela. — Pergunte para qualquer um que já me expulsou.

Henry os ouve sair da sala de estar e se encosta na parede para não ser visto. Eles passam rapidamente pelo corredor do andar principal e entram na sala de jantar, onde continuam conversando, mas agora já não é possível distinguir suas palavras, um murmúrio de coleguismo e tranquilidade que faz Henry se sentir deslocado.

Ele adiou e espiou e repassou mentalmente as várias abordagens que deveria adotar, e agora não resta mais tempo. Por isso, desce o restante dos degraus.

Ao dar o primeiro passo, pensa ter ouvido um baque no sótão. Provavelmente o robô se deslocando pelo laboratório com sua cadeira de rodinhas, embora o som pareça mais alto e mais abrupto do que isso. Um livro que caiu de uma altura considerável. Um soco na parede.

×××

Henry entra na sala de jantar de modo tão silencioso – ou talvez a conversa esteja tão alta – que Lily e seus convidados não notam sua presença. Ele observa enquanto, um a um, passam a sentir que está ali. A mulher que deve ser Paige é a primeira a perceber; depois, o homem; em seguida, Lily. Eles o observam, mas, depois daquela tagarelice toda, não dizem uma palavra.

— A mesa está bonita — elogia ele.

Lily se aproxima, pega no braço dele em uma demonstração de afeto, mas, pela firmeza do toque, parece mais uma enfermeira oferecendo apoio.

— Henry, estes são meus colegas — apresenta ela. — Da Interron. Você se lembra de me ouvir falar deles o tempo todo. Paige. E Davis.

Henry está pronto para dizer: "Oi, sejam bem-vindos, obrigado por virem", mas se contém. *Você se lembra de me ouvir falar deles o tempo todo.* Lily havia mencionado aqueles dois, sim, mas não com muita frequência. Ele supõe que é um exagero cortês da parte dela, elevar os convidados a um status especial. Mas isso também o faz se perguntar se é ele quem está sendo enganado. O fato de Lily falar de Paige e Davis só de vez em quando o fez acreditar que eram suficientemente legais, mas, em última análise, pouco dignos de nota.

Os segundos que Henry leva para ter esse pensamento permitem que Davis se aproxime e aperte sua mão com firmeza. Henry estava certo quanto à voz do homem. Ele é bonito. As covinhas ao lado da boca, os ombros largos de quem um dia foi atleta. Sua cordialidade é natural e, até onde Henry pode afirmar, genuína.

— Ouvimos falar muito de você — diz Davis. — É meio inacreditável estarmos mesmo aqui, conhecendo você pessoalmente.

— O que foi que ouviram?

Davis não esperava por isso. Ele olha para Lily como se ela fosse um árbitro capaz de encerrar a jogada, mas ela permanece imóvel.

— Que não existe ninguém como você — responde Davis. — É o que Lily sempre dizia.

— Um agorafóbico com traços antissociais que trabalha sozinho em casa em um projeto que não compartilha com ninguém. — Henry dá uma risada amarga e autodepreciativa. — É, sou único.

Henry volta sua atenção para Paige, que o encara abertamente. Nota os esforços desperdiçados que foram gastos com sua aparência. O cabelo naturalmente cacheado meio alisado em ondas estaladiças. A jaqueta com mangas que chegam aos nós dos dedos. As sobrancelhas como um par de linhas grafite, modeladas em um desenho reto como régua.

— Você não contou como ele é bonito — comenta Paige.

Henry fica desconcertado com essa avaliação direta e olha para Lily, que, mais uma vez, não oferece nenhuma ajuda.

— Eu estou bem aqui — lembra ele.

— Tudo bem — retorque Paige. — Como *você* é bonito.

— Paige às vezes fala antes de pensar — diz Lily.

— Nem por isso deixa de ser verdade. — Paige dá uma passada de olhos em Henry de um modo que o faz pensar em uma língua.

— Suas mangas são compridas demais — fala Henry.

Está apenas tentando usar a mesma tática com ela, uma avaliação despretensiosa. Não há hostilidade no comentário. É um experimento social espontâneo. Se esta mulher pode dizer qualquer coisa em nome de uma apreciação honesta, ele pode fazer o mesmo? A julgar pela expressão de Lily – sem falar na de Paige –, a resposta é não.

— Como *é*? — pergunta Paige, olhando para a ponta das mangas da jaqueta como se olhasse para o rosto inocente dos próprios filhos.

— Deixa pra lá. Só me distraí por um segundo.

Paige continua sua passada de olhos em Henry, mas agora isso não o faz pensar em uma língua, e sim em uma lâmina.

— Que tal comermos?

Davis. Tentando ajudar. Ajudar Henry, especificamente. Ele até lança um olhar que parece dizer: "Não se preocupe, ela às vezes também me tira do sério". E, embora Henry aprecie o gesto – não pode deixar de apreciá-lo, uma vez que com frequência deseja receber ajudas semelhantes de Lily –, também se ressente. Esta é a sua casa. Ele não precisa que este quase estranho o salve.

— Boa ideia — concorda Lily, soltando o braço de Henry.

7.

Há comida demais. Será que Lily esperava mais convidados que não puderam vir de última hora? Salmão defumado, croissants, tábua de frios, saladas, patês e molhos multicoloridos. Tudo encomendado. Lily gosta de dizer que "usa o micro-ondas, mas não a cozinha". E Henry não é muito exigente com a comida.

Os quatro rodeiam a comprida mesa de jantar, enchendo os pratos com um entusiasmo cuja intenção é deixar para trás o constrangimento de antes. Henry ouve o papo deles, mas quase não registra o que estão falando sobre a comida, fazendo o possível para manter bochechas e cenho em uma expressão de descontração. Ele sabe que se esforçar para parecer relaxado torna a atuação ainda menos convincente. Nunca foi bom nesse modo "diversão", e ficou pior nos últimos dois anos, desde o surgimento dos sintomas. Sua fobia. Ansiedade. Doença. Qualquer que seja o nome escolhido para a incapacidade de sair da própria casa sem a certeza de que, ao dar um único passo, vai morrer.

— Obrigada por nos receber, Henry — diz Paige, seu prato uma escultura do excesso. — Depois que Lily vendeu a empresa e ganhou seus milhões, pensamos que ela sèria boa demais para passar um tempo com babacas como nós de novo.

Henry olha para a esposa.

— Ela é leal assim mesmo.

Quis dizer isso, literalmente, mas todos ouvem de imediato a alternativa ácida. "Ah, sim, ela é leal com os babacas, com certeza. Inclusive comigo." Soa a autopiedade e pirraça, quando essa não foi sua intenção. Para evitar os olhares, adiciona ao prato um segundo croissant, que não pretende comer.

— Ouvi dizer que você tem vários projetos em andamento — comenta Davis, outra vez vindo em auxílio de Henry.

— Projetos demais para o meu próprio bem, talvez.

— Robótica, certo? A sua formação?

— Antes era. Agora? Faço brinquedos. Sou um simples Geppetto.

— Não é verdade — contrapõe Lily. — Tem seu projeto principal.

— *Esse* ninguém viu ainda. Por um bom motivo.

— Qual é o bom motivo? — pergunta Paige.

— Não está pronto.

Henry dá de ombros. A ideia de falar sobre William com essa mulher faz um comichão se espalhar pelo corpo.

— E você faz todo o trabalho sozinho? — indaga Davis, ignorando Paige em favor de Henry.

— Lily me mantém abastecido com o equipamento de que preciso. Sou uma startup de um homem só.

— Escute — diz Paige. — Se Lily está te apoiando, deve estar vendo uma maneira de monetizar seus Pinóquios.

— Sou o marido dela — responde Henry. — Ela não tem escolha a não ser me apoiar.

Lily dá de ombros ao ouvir isso – *bem, não é exatamente verdade* – e finge ler alguma coisa no minúsculo quadrado azul do lado de dentro da lente direita dos óculos. É uma conexão com seu computador, à qual tem acesso com uma batida nas hastes da armação, fazendo-a desaparecer com uma longa piscada. Houve ocasiões em que Henry pensou que ela o observava, tentando cavar bem fundo e chegar a alguma parte essencial dele, só para perceber que estava apenas verificando e-mails.

— Estou curiosa — comenta Paige. — Você malha?

— Se faço exercício?

— É. Tipo um treino? É que Lily me diz que você é bem caseiro, então imaginei que tivesse alguma maneira de, sabe, liberar o estresse...

— Com licença — fala Henry, levantando-se da mesa.

— Aonde você vai? — pergunta Lily.

— Ao banheiro. No andar de cima.

— Tudo bem — responde ela, com desconfiança.

Ele sai da sala de jantar com o julgamento dos outros espetando suas costas como agulhas de acupuntura.

×××

Henry não precisa usar o banheiro. Precisa de uma nova abordagem, e ele tem que decidir como proceder.

O importante não é se igualar à autoconfiança de Davis ou fingir que acha Paige original e provocativa. É Lily. O bebê deles. A *casa* deles. Mostrar aos convidados como, apesar das peculiaridades da vida doméstica dos dois, ele e a esposa estão comprometidos um com o outro. Superaram desafios. Ele tem um distúrbio psicológico debilitante e está progredindo. Fizeram a parceria funcionar. Vão ter um bebê e, menino ou menina, estará seguro e será amado.

Só que isso leva a um novo problema. Ou a uma visão diferente do mesmo problema.

Como provar que se é normal e digno?

Mas essa não é a única coisa que o preocupa. Existe Davis também.

O conforto que ele claramente sente estando ali é resultado tanto de uma compostura natural quanto de outra vantagem desconhecida. Alguma informação que ele tem e Henry não. Uma ligação com Lily, diferente do simples "colegas de trabalho". Talvez Paige também saiba. É por isso que ela se sente à vontade para provocar Henry, para julgá-lo tão abertamente.

Henry deixa seus pensamentos seguirem por esse caminho paranoico enquanto passa pelo banheiro do segundo andar e para no pé da escada que leva ao sótão. Nenhum som do outro lado da porta do laboratório. Nenhum soco ou livro caído. Nenhuma rodinha rangendo e girando. Nenhuma declamação de versos apocalípticos.

Mas ouve vozes.

Não consegue distinguir as palavras. Ou mesmo afirmar se são palavras. São duas vozes, no entanto. Há na conversa uma sonoridade quase cantada, sugerindo que poderiam estar cantarolando alguma letra ou cantiga. Uma das vozes é de William. A outra está em um tom ainda mais baixo, uma nota grave que Henry sente mais no peito do que ouve na cabeça.

Assim que tem certeza do que está ouvindo, as vozes param.

Henry presta atenção, e sua escuta apenas aprofunda o silêncio do outro lado da porta do sótão. Ele tem certeza de que isso acontece porque o que quer que esteja lá também o ouve e o procura.

8.

Henry recua para o corredor. Ele ainda não consegue se juntar aos outros no andar de baixo, não até ter certeza de haver acalmado os nervos que as vozes no sótão atiçaram. É por isso que se demora diante do único cômodo da casa para onde vai quando precisa se tranquilizar.

— Abrir porta do quarto do bebê.

Ele entra de lado, mantendo os olhos na escada do sótão como se esperasse que alguma criatura fosse descer. Só perde os degraus de vista quando a parede do quarto bloqueia sua visão.

O quarto foi carinhosamente montado: um trem elétrico em um circuito oval no chão, um berço de madeira com uma boneca deitada de costas e bichos de pelúcia montando guarda ao redor, um móbile de pinguim pendurado acima de todos eles. No teto, uma constelação de estrelas que brilham no escuro e uma lua cheia.

Ele escolheu tudo sozinho. Lily foi consultada, claro, e ele tentou pedir sua opinião sobre cada item, mas ela ficou feliz em deixar o quarto do bebê ser outra das obsessões do marido.

— O bebê vai crescer e deixar tudo isso de lado antes que a gente perceba — disse, certa vez, quando ele a fez entrar para ver como havia ficado.

— Não é para o bebê. Não realmente — falou Henry. — É para nós. Para você.

Ela comprimiu os lábios para expressar gratidão, mas o gesto o deixou com a sensação de que ele havia exagerado. Ou de que não havia feito o suficiente. Mas o que o magoou foi a frieza dela em relação à boneca.

Fora escolhida por ter a aparência semelhante à de Lily. Os olhos castanho-escuros e apertados. O nariz arrebitado. As orelhas pequenas como um botão de flor.

Ele pega a boneca e a segura como imagina ser o jeito certo de segurar um bebê de verdade, aninhando-a nos braços. As pálpebras ainda estão fechadas. Deveriam abrir com uma mudança de ângulo, uma inclinação da cabeça. Henry mexe a boneca de leve. Um olho se abre. Ele está fazendo errado, segurando-a errado. Ao tentar demonstrar seu amor, machucou o bebê sem ter a intenção.

Ele põe a boneca de volta no berço, pousando a cabeça no colchão com cuidado. A pálpebra se fecha.

Já passou tempo o bastante para os outros estarem se perguntando por que ele está demorando tanto. A última coisa de que precisa é que Lily – ou, pior, Paige – suba e o encontre ali, com os olhos lacrimejantes.

No entanto, ele se demora por um momento. Tira o monitor portátil do berço. Liga-o.

A tela mostra o que a câmera fixada no canto do teto vê: o berço em visão clara em preto e branco. E Henry, ali parado. Imóvel como um manequim.

Ele acena para a câmera para confirmar que consegue fazê-lo, para provar que está vivo, e há uma fração de tempo – o lapso de um milissegundo entre seu movimento e a imagem no monitor que tem na mão – em que teme que nada acontecerá e que permanecerá paralisado como a boneca que estivera segurando.

***

Quando Henry volta para a sala de jantar, apenas Paige está sentada à mesa, passando cream cheese em uma rosquinha.

— Eu já ia mandar uma equipe de resgate — diz ela. — Isto é, eu mesma.

— Onde está Lily?

— Organizando as coisas. Venha aqui, sente-se. Você não comeu nada, e este presunto espanhol defumado está *incrível*...

— E Davis?

— Está ajudando Lily na cozinha.

— Vou dar uma mão para eles.

— O quê? Por quê? Eles dão conta. Tenho tantas *perguntas* para te fazer.

— Claro. Só me dê um segundo.

— Eu te daria qualquer coisa, querido.

Ela realmente acabou de dizer isso? Ele já está entrando no corredor, dirigindo-se à cozinha. *Querido?*

Esses pensamentos são sobrepostos por outro, mais mordaz. *Por que você está à espreita dos dois?* Sem pensar no assunto, Henry percorre os últimos centímetros quase na ponta dos pés, desacelerando um pouco antes de chegar ao batente.

Davis está terminando o que parece ser uma súplica, ou uma refutação. Sua voz começou como um sussurro momentos antes, mas agora está mais alta devido à exasperação.

— ...agora não, então quando?

— Quando eu estiver pronta.

Davis inspira o ar de modo deliberadamente calmo, mas sem efeito.

— Precisamos contar para ele.

— Não.

Henry dá um passo à frente a tempo de ver Davis passar o braço ao redor de Lily, sua mão na base das costas dela. Um contato íntimo que a faz ficar tensa de início, o pano de prato que estava usando para enxugar a louça balança ao lado do corpo. Henry aguarda que ela se afaste ou lhe dê um tapa ou grite em protesto. Mas, um segundo depois, a única coisa que faz é render-se ao toque do homem.

— Não me sinto bem nesta casa — diz ele. — Não está...

— Espere aí...

— Não está certo.

— Eu que decido isso.

— Não sei se isso é verdade. Não sei mais. Você tem que contar...

Henry se obriga a entrar no cômodo. Tenta fazê-lo na mesma velocidade que teria se tivesse vindo direto da sala de jantar, sem parada. O que ele viu, fosse o que fosse, tem que parar. Ele não precisa pensar no porquê.

— Ei — diz ele. — Tenho uma ideia.

Os dois olham para ele. A mão de Davis se afasta aos poucos das costas de Lily, como se voltasse para a lateral do corpo depois de coçar o nariz.

— Sim? — responde Lily.

— Vou mostrar para vocês.

— Mostrar o quê?

— Ele — fala Henry. — William.

Lily permanece parada. Por um instante, Henry se pergunta se ela o ouviu, ou se o bebê se mexeu dentro dela e desviou sua atenção, ou se ela está desconfortável com o fato de o marido ter dito "ele" para se referir a uma coisa que, até agora, era tratado entre eles como "aquilo".

— Agora? — pergunta Lily.

— Se tiverem tempo. Se estiverem interessados.

— É que... você foi tão *reservado* a esse respeito.

— Você merece ver o que tomou minha atenção por tanto tempo.

Lily e Davis trocam olhares. Ou algo menor do que isso. Um espasmo simultâneo.

— Então vamos ver — concorda Lily, jogando o pano de prato molhado na pia. — Não existe ninguém no mundo como você, Henry.

Ele tenta acalmar o ardor que enrubesce suas bochechas, mas é impossível impedi-lo, então deixa que incendeie seu coração.

— Venham.

9.

Os quatro sobem juntos até o segundo andar com os passos agitados e a respiração rouca iguais aos dos montanhistas, cada um deles um pouco embriagado com o coquetel de hesitação e expectativa.

Enquanto caminham pelo corredor, um cachorro sai do quarto de Lily.

Do tamanho de um labrador. Ou talvez maior. Abanando o rabo. Com uma bola de tênis na boca. Ele trota com patas tão retesadas que salta de um lado para o outro para poder avançar. Quando chega aos pés de Henry, para e olha para cima.

Todos percebem agora que não é um cão comum. O pelo é irregular, grudado. As orelhas giram como a antena de um radar. Os olhos fazem um barulho – *clique, vrr-vrr* – conforme as lentes ajustam o foco. O cachorro solta um latido baixo e seco como uma tosse engasgada.

— Agora não — diz Henry. — Vamos brincar mais tarde.

Ele abaixa a cauda, desapontado.

— Você criou isto? — pergunta Paige, postando-se logo atrás de Henry como se o cão fosse pular em seu pescoço.

— Criei.

— Tem nome?

— Eu o chamo de Cachorro.

— Uau. Deve ter levado o dia inteiro para pensar nesse nome.

— Henry é muito talentoso — diz Lily. — Ele cria dispositivos maravilhosos.

— É incrível — elogia Davis.

— É horrível — discorda Paige.

— Existem coisas mais importantes do que a aparência — pontua Henry, afastando-se de Paige.

Henry continua seguindo em direção à porta no alto da escada que dá para o sótão, dizendo a si mesmo que não está preocupado, que não está com medo, mas a verdade é que sempre teve certa preocupação, certo receio. Sente isso toda manhã a caminho do seu local de trabalho. E hoje mais ainda depois do sonho da noite anterior. A certeza de que há algo novo, algo pior atrás da porta.

Só espero...

Ele não consegue decidir entre as diferentes maneiras de completar esse pensamento.

Só espero que ele esteja de bom humor.

Só espero que ele não consiga notar como estou nervoso.

Só espero que ele não...

Ele põe a mão na maçaneta.

— Destrancar porta do laboratório — diz Henry, e se vira para os outros atrás dele. — Me deem um minuto com ele primeiro.

×××

O robô está de costas para Henry, no canto mais afastado do laboratório. Está fazendo alguma coisa com o cabelo. Passando as mãos na cabeça, usando os dedos como um pente. Henry vê que William faz isso enquanto se olha na tela de um notebook, a câmera embutida devolvendo uma imagem clara do seu rosto caído, montado de forma descuidada.

— Trouxe visitas para você.

William fica imóvel. Estava tão absorto em sua autoanálise que não ouvira Henry entrar, ou fingira não ouvir. As mãos do robô fecham o notebook. Ele endireita os ombros antes de se virar para encarar Henry.

— Quem?

— Lily — responde Henry. — E os convidados dela.

— Por que não me mostrou para ninguém até agora?

— Você não estava pronto.

— Mas essa não é toda a verdade, é?

William se locomove entre as mesas puxando o banquinho com rodinhas. Está melhor nisso desde a última visita de Henry. Agora, os puxões e os movimentos dos braços excessivamente longos dão a desconcertante impressão de um orangotango, uma capacidade velada de se balançar e voar.

— Você não sabe ao certo se sou algo para se ter orgulho ou vergonha — fala o robô. — Bom. Ou ruim. Mas, de um jeito ou de outro, isso não deveria preocupar você.

— Obrigado pelo…

— Todas essas avaliações morais… são algemas. Você poderia se livrar delas assim. — Ele estala os dedos. — Se escolhesse se livrar, irmão.

— Não me chame assim.

Soa mais ríspido do que Henry pretendia. O robô sabe que ele odeia ser chamado dessa forma. É por isso que usa o termo com tanta frequência.

Henry retoma o tom calmo da voz antes de falar:

— Só preciso que dê seu melhor.

— Melhor? Não posso nem andar. — William estende a mão e chacoalha uma das pernas vazias da calça. — E o meu rosto? Não poderíamos esperar até você fazer algo menos pavoroso?

— Sua vaidade me surpreende.

— Não deveria. Eu sou seu projeto de vaidade.

Era sempre assim com William. Começava com uma base sólida e, em segundos, ele fazia você questionar a si mesmo.

O robô está tão perto que eles poderiam estender os braços e dar um aperto de mão. Poderiam se aproximar para um abraço.

— Não tenha medo — diz William.

A princípio, Henry interpreta como se significasse medo de *William*. Entre os dons peculiares do robô está um modo de falar que oferece dois caminhos interpretativos, um que leva a interpretações benignas, e outro, a algo debochado ou cruel ou ameaçador.

— Não tenho — responde Henry. — Só estou pedindo para você se comportar.

— Vou ser bonzinho, irmão.

Henry luta contra o impulso de atacar aquela coisa repulsiva apoiada no banquinho. Não é um irmão para ele, assim como um forno não é para um fogão. Mas é inútil discutir, especialmente nesta manhã. Então Henry aquiesce e dá o passo à frente necessário para endireitar a gravata de William.

— Seu corpo não é seu aspecto mais relevante — diz Henry. — O importante é a sua mente, não suas capacidades físicas.

— Você quer dizer *incapacidades* — corrige William, e ri gorgolejando. O som faz Henry se afastar mais rápido do que gostaria.

— Talvez não devêssemos…

— Não se preocupe. Vou ser um docinho — afirma o robô, fazendo uma cruz sobre o coração inexistente. — Vou ser um anjo.

10.

— Ele está pronto.

Lily, Paige e Davis sobem os últimos degraus em direção a Henry, com a sombria obrigação dos que carregam caixões. Passam por ele na soleira da porta e ficam amontoados enquanto passam os olhos pelo laboratório do sótão.

O robô se soergue, aparecendo por trás da bancada de terminais onde estava escondido. Seus lábios se curvam em um grunhido, que é uma tentativa de sorrir. *Ele está fazendo sua entrada triunfal*, pensa Henry. É impossível tirar os olhos dele conforme se aproxima, estendendo os braços de orangotango para a frente, as rodinhas nas pernas do banquinho saltando sobre as frestas entre as tábuas do assoalho.

Henry passa diante dos outros e bloqueia a aproximação do banquinho.

— Conheçam William — anuncia ele.

Os três visitantes ficam paralisados. Mas Lily é a única que dá um passo à frente para inspecionar o robô, que a deixa ver em detalhe suas deficiências, o exterior quase humano que é ainda mais medonho por não ser convincente.

— Meu Deus — diz ela.

— É um prazer conhecê-la, sra. Engvall.

Paige arfa abertamente.

— Essa coisa fala?

— Suas dimensões vocais se expandem o tempo todo — responde Henry.

— Puta merda.

— Projetei William para ser uma IA independente, o que significa que ele consegue pensar criativamente por conta própria.

— Um original — fala o robô, mostrando os dentes.

Lily responde sorrindo de volta, ambos os sorrisos tão falsos como o cabelo na cabeça do robô.

— Caralho! — diz ela, olhando para Henry por cima do ombro com uma intensidade que o deixa tonto de prazer. — Estou muito *impressionada*. É muito mais do que eu estava esperando.

Henry está prestes a responder, mas William ergue a mão, silenciando-o.

— E o que você esperava?

— Não sei. Algo que pudesse se movimentar um pouco, repetir certas expressões, fazer um truque talvez. Um *protótipo*. Não isso.

— Ah, eu sei fazer truques — afirma William.

Davis dá um passo à frente.

— Tipo o quê?

William inclina a cabeça em direção ao homem antes de voltar a atenção para Lily.

— Por que não me fazem uma pergunta?

— Eu tenho tantas — retorque Lily.

— Sou todo ouvidos. — Ele mexe em um dos lóbulos soltos de sua orelha de borracha.

— Certo. Como você se descreveria?

— Uma singularidade.

— Parece solitário.

— É mesmo? Soa como possibilidade para mim.

Ela dá outro passo. Olha para William de cima a baixo com uma severidade cada vez maior.

— Como vê sua existência? Artificial ou natural? — Ela o fita com olhos semicerrados, como uma professora que desafia um aluno despreparado. — O que você deveria ser?

O robô se inclina tanto para a frente que parece que vai cair do banquinho, forçando Lily a decidir se o segura ou se o deixa cair.

— Vou te mostrar — responde William, fechando os olhos.

De repente, todas as luzes — as luminárias da mesa, as lâmpadas no alto do corredor atrás deles, os projetores do laboratório — se apagam quase completamente. Um instante depois, voltam a acender, retornando à intensidade original.

— Tcharam! — exclama William, abrindo os olhos com um clique audível.

Henry se aproxima do robô.

— Como você fez isso?

William o ignora, sua atenção fixa em Lily.

Ele estende uma palma aberta, como se a convidasse para colocar a mão sobre a sua, de uma maneira quase cortês. Lily tem uma expressão de curiosidade no rosto, mas há uma contração nos cantos de sua boca que Henry interpreta de longe como um sinal silencioso de alerta.

Ela começa a erguer a mão. Henry observa como se estivesse paralisado. Sabe que algo terrível está prestes a acontecer, mas a energia do momento o impede de fazer qualquer esforço para evitá-lo.

Como que para evitar uma grosseria indescritível, Lily se obriga a pôr a mão sobre a de William.

— Posso?

Antes que dê tempo de Lily aceitar ou negar o seu pedido, o robô põe a mão livre sobre a barriga dela.

Os dedos finos do robô fazem pressão sobre ela. Dez pontos frios, explorando. Lily sente um grito subir à garganta, mas tem a impressão de que ele nunca virá, nunca será ouvido, nunca terá fim...

De início, é o assombro que a impede de se mexer. Depois, é o pavor. Então ela *tenta* escapar, mas os dedos do robô deslizam da sua mão e agarram seu pulso.

— O filósofo estava errado — diz William. — "Penso, logo existo." Deveria ser: "*Faço*, logo existo". Pura liberdade.

Lily luta para tirar sua mão, mas, apesar do desequilíbrio cambaleante, o aperto de William é forte demais.

— Pare!

O comando de Henry coincide com o momento em que o robô solta o pulso de Lily. Ele fixa o olhar na parede oposta, como se estivesse se comunicando com uma presença invisível ou evocando uma lembrança distante.

Assim como Davis, que tentara tomar a iniciativa, mas teve que se espremer ao lado de Henry para ficar mais perto do banquinho do robô, Lily dá um passo para trás. Ao fazê-lo, o pulso dela roça nos dedos de um braço mecânico solto sobre a mesa, perto de William. A mão falsa instantaneamente a agarra.

— A liberdade de aproveitar o prazer — diz William enquanto o braço desmembrado torce o pulso dela. — De experimentar a dor... e de causá-la.

Lily grita.

11.

O som tira Henry de seu estado atordoado de pavor. Ele ouve a esposa e sente o corpo avançar, decidido a salvá-la, mas é apenas o desejo de poder fazer tal coisa.

Algo está se movendo, no entanto. Um empurrão ao seu lado, a intrusão desorientadora do perfume de um estranho. Davis. Agarrando o braço mecânico e imobilizando-o.

— Está tudo bem, tudo bem — diz, e isso por si só deixa Lily um pouco mais calma. Dócil, confiante.

Davis luta com os dedos daquele braço, soltando-os, um por um, do pulso de Lily e depois quebrando os nós com um estalo metálico estridente. Quando chega ao quinto dedo, este relaxa sozinho, como que se rendendo. Davis joga o braço para o lado e ele cai da mesa, levando junto restos de fios e um alicate.

Só então as pernas de Henry lhe permitem ir até a esposa.

Ela se deixou cair no chão, tocando o círculo machucado ao redor do pulso, que está começando a ficar vermelho. Sua mão sai manchada pelo sangue de um corte na pele.

— Você está ferida? — pergunta Henry, erguendo o antebraço dela em busca do ferimento. — Você está sangrando.

— Estou bem.

— Sinto muito. Eu devia ter definido parâmetros melhores.

— Está tudo bem.

— Ele nunca interagiu assim antes, então não previ…

— É sério. Não foi nada.

Davis se agacha ao lado de Henry, mas o ignora.

— Nada? Aquela coisa te atacou!

Os três olham para o robô pela primeira vez desde que o braço falso ganhou vida. Precisam erguer o queixo para vê-lo, sentado em seu banquinho, piscando ao ver a posição desconfortável em que estão, como se estivesse confuso com a sequência de acontecimentos que os teria levado até ali.

— Como fez aquilo? — pergunta Davis.

— Já disse. — William balança a cabeça levemente, de um lado para o outro. — Sei fazer truques.

Davis começa a se levantar, procurando por algo pesado, algo com que possa arrancar a cabeça do robô.

— Espere um segundo — diz Lily. — Houve algum tipo de erro. Só isso.

— Erro?

— É uma máquina, Davis — explica ela. — É assim que falamos quando uma máquina falha. Não está *errada*. Houve um *erro*.

— Sério? Você está me dando uma aula de ética robótica depois que aquilo de alguma forma fez aquele braço te agarrar, o que já é perturbador por si só, mas, antes disso, você viu o que aquela coisa fez. Apertou você, tentou machucar o…

— Não sabemos o que aquilo tentou fazer — retorque Lily. — Duvido que o próprio robô saiba.

Davis passa a mão sobre o rosto para evitar dizer qualquer outra coisa. Paige põe a mão nas costas dele, um sinal de que está tão perplexa quanto o colega ao ver Lily defendendo William.

— Erro ou não, o corte foi feio — fala Paige. — E tenho um estojo de primeiros socorros no carro.

— Tenho certeza de que temos curativos em algum lugar da casa — diz Henry, abaixando-se e apoiando-se nos joelhos e nas mãos, olhando debaixo das mesas como se os suprimentos médicos pudessem estar ali. — Nós podemos...

— Não se preocupe com isso — interrompe Davis. — Paige sabe o que está fazendo.

— Fui salva-vidas na faculdade — conta Paige.

— Lily está sangrando, não se afogando — argumenta Henry.

— Sim, mas é preciso fazer um curso de primeiros socorros antes de salvar alguém que está se afogando — replica Paige.

Enquanto Henry se esforça para descobrir o que fazer, cambaleando pelo chão em círculos, Davis ajuda Lily a se levantar.

— Vamos — diz ele.

Henry ergue o tronco, ainda de joelhos. *Vamos*. Outro homem assumindo a responsabilidade por sua esposa, tomando as rédeas da situação. Esse é um dos espinhos do sofrimento que ele sente cortar sua garganta enquanto engole sua incapacidade. O resto da dor vem de ouvir essa palavra e saber que jamais poderia dizê-la a Lily. Ele não pode ir. Sua doença nunca o deixará ir.

Lily está de pé, saindo do laboratório ao lado de Davis, com Paige liderando o caminho. Nenhum deles verifica se Henry está indo atrás.

Quando chegam ao corredor do segundo andar, Henry percebe que precisa tentar. Aquele não é o momento para pensar ou assimilar. É o momento de demonstrar. De empurrar os outros para o lado como Davis o empurrou. As palavras do robô voltam à sua mente com uma clareza abrupta. *A liberdade de experimentar a dor e de causá-la.* Henry não quer nenhuma dessas liberdades. Ainda assim, percebe que o que precisa é algo próximo disso. Sem restrições, em movimento. Livre.

— Esperem!

Ele fica de pé, seguindo para a porta a passos largos como um homem determinado faria. Faz questão de não olhar para o robô.

Contudo, no patamar do terceiro andar, ele para. É o rangido do banquinho do robô se aproximando. Quando Henry se vira, fica espantado de ver como William está perto da entrada.

— Como me saí? — pergunta William, os lábios como uma tira elástica prestes a arrebentar.

— Fechar e trancar porta do laboratório — diz Henry, esperando o estalido da trava antes de descer atrás da esposa.

12.

Paige, Davis e Lily estão no hall de entrada quando Henry chega ao topo da escada principal. Os três param – presumivelmente para perguntar sobre Henry, o que fazer quanto a Henry, se é certo continuar sem Henry. No entanto, quando o ouvem chegar, começam a andar de novo, prontos para sair.

— Por favor! Lily?

Ele desce a escada com uma velocidade que quase o faz perder o equilíbrio e cair.

— Não quero que você…

— Abrir — diz ela e, com um clique, a porta da frente se abre, deixando uma onda de luz inundar o hall.

Henry espera que Lily olhe para trás. Tenta expressar no rosto algo entre súplica e amor para quando ela o fizer. Mas ela não olha. Ela fala em direção ao mundo lá fora, de modo que ele precisa captar o que diz no ar que volta para dentro da casa:

— Tudo bem.

— Acho que isso não é necessário — fala Henry. — Você não poderia ficar para…?

— Está tudo bem.

Ela sai para a claridade de outubro e continua andando. Davis segue logo atrás.

Henry vai até o fim da escada. Paige o observa descer. Assim que chega ao hall, ela passa os olhos por ele, estreitando-os nervosamente. Ele não entende o que ela está olhando até notar o medo em seu rosto. Ela está tentando ver se o robô desceu do sótão.

Ele se obriga a continuar andando do mesmo jeito que Davis fez. Esbarra em Paige – que recua com um "Ei!" exagerado – e vai direto para a varanda atrás de Lily.

Ou tenta ir. Finge que consegue. Quer ver se consegue enganar a si mesmo.

O dia lá fora é muito mais claro e real do que a vista com a qual se acostumara: a exibição digital das câmeras de segurança que às vezes verifica ao trabalhar longas horas no laboratório. Ali fora, a realidade é *mais*. Um mundo de cheiros e sons e cores particulares que se precipitam sobre ele, atacando-o, repelindo-o com a força de uma martelada no peito. Isso o faz arquejar em busca de ar.

Ele para. Dá mais um passo.

Sua visão fica instantaneamente cheia de pontos pretos, agitados e ofuscantes. Os músculos das pernas, das costas, de todas as partes do corpo, parecem ceder, rendendo-se ao pavor. É como se estivesse morrendo. Como se uma única lufada do ar externo fosse um veneno para ele.

Ele lança o pé para a frente mais uma vez. Tenta dar outro passo.

Mas o simples ato de avançar mais um centímetro além do batente lhe causa uma tontura tão intensa que ele se esquece de respirar. Um segundo depois, está se engasgando. A respiração seguinte faz aquele mesmo barulho quando alguém suga por um canudo depois que a bebida no copo acabou.

Henry se vira. Rápido demais. Tudo está rápido demais. As folhas balançando e rindo nos galhos, o sangue nas suas veias, a rotação da Terra.

Ele estende os braços como um cego, tentando evitar uma colisão com a parede. Uma sensação de formigamento sobe dos seus pés e se transforma em bolsões de dor. Ele vai cair se não voltar para dentro. Vai sufocar. Vai virar do avesso.

E então ele entra. Pálido e retesado como um bife esquecido no fundo do freezer, mas não morto, não exatamente.

— Mas que droga — diz Paige. — Parece que você foi atropelado por um caminhão. Duas vezes.

— Só ajude a Lily, por favor.

Paige lhe dá um esbarrão quando passa por ele.

Henry não quer que a esposa o veja assim, com as mãos no joelho, esforçando-se para permanecer consciente, derrotado por nada além de ar fresco e céu e árvores e quilômetros para andar em qualquer direção.

— Fechar porta da frente.

Ele espera que a porta feche antes que Lily possa olhar para ele, mas não é preciso se preocupar, porque, mesmo neste momento, ela não se vira. Os três descem pela calçada em direção ao carro de Paige. A última coisa que vê é o braço de Davis deslizando pela cintura de Lily, abraçando-a.

13.

Quando consegue andar sem achar que vai desabar sobre as tábuas do assoalho original de madeira de bordo, Henry volta ao terceiro andar pisando duro.

— Abrir porta do laboratório.

No último segundo, Henry recua, como se William pudesse ter aprendido a desferir um soco nos instantes em que ficou sozinho. Mas não é isso. Não é William que ele teme. São as mudanças de um tipo diferente que estão acontecendo. Uma nova inteligência, distinta da sua, fazendo alterações, melhorias. Inventando.

O robô não está sentado no banquinho onde Henry o deixou. O banquinho tampouco está ali. Henry entra no laboratório. Seu laboratório. O único lugar onde, até aquele dia, estava incontestavelmente no comando.

Encontra William sentado na cadeira de trabalho que Henry usa. O robô está afastando-a da beirada da mesa, primeiro com uma das mãos, depois com a outra, girando para a esquerda, depois para a direita. Isso deixa Henry quase tão tonto quanto ficou ao sair lá fora.

— Que merda foi aquilo? — pergunta Henry.

William abre a boca e dela sai a gravação da música que ele estava ouvindo no rádio.

I gotta be me, I've gotta be me...

Henry avança com passos fortes, agarra o encosto da cadeira e a sacode, chacoalhando William como uma boneca de pano, mas, de algum modo, ele não cai.

— Pare com isso!

William fecha a boca, e a gravação para. Quando a abre de novo, é a sua voz que sai.

— Ela me perguntou o que eu era. Mostrei a ela.

— É. Você mostrou a ela o que você é. Um erro.

Henry dá um passo para trás. Ele não gosta de ficar perto do robô, não mais. Não é só o que fez com Lily. Há um cheiro vindo daquela máquina bamba, de articulações que estalam, um odor que ele não se lembra de ter sentido antes. Não de cola nem de fios derretidos, nem de plástico, nem de qualquer outra peça manufaturada de que William é feito. É algo corporal. O cheiro azedo de uma axila ou de um pé com chulé.

— Foi interessante para mim — diz William.

— O quê?

— As visitas. Conhecer sua esposa.

— Fico feliz — diz Henry, pretendendo ser sarcástico mas sem conseguir, de modo que soa como se estivesse mesmo contente que o robô tenha achado a manhã edificante.

— Posso compartilhar uma coisa? — pergunta William. — Uma observação?

Henry fecha os olhos. *Vá em frente.*

— Você é um prisioneiro — fala William. — O apego à sua esposa é uma cela que você mesmo criou.

Henry tosse enquanto tenta rir.

— Ah! Deixe-me adivinhar: meu casamento é uma prisão, e você é o cara que pode abrir um túnel na parede? É isso?

William dá de ombros. *Chegou perto, mas não exatamente.*

— Sou a chave que abre as portas.

Henry pensa em Davis e Lily. O brunch com comida demais. Os dois na cozinha. *Você precisa contar.* O braço dele ao redor da cintura dela percorrendo o caminho em frente à casa, um gesto que poderia ter sido apoio, mas não foi, o equilíbrio dela estava firme demais para necessitar de ajuda, o ato de Lily de recostar nele foi mais um reflexo em busca de consolo do que fraqueza.

— Sabe de uma coisa? — diz Henry. — Suas charadas são a última coisa de que preciso agora.

— Estou sendo seu amigo.

— Você não é meu amigo! — Henry gira e se vê gritando tão alto que a sua voz falha. — Você não é meu maldito irmão!

— Eu vejo coisas.

— Ah, não me diga…

— Vejo que alguma coisa está faltando em você. Mas não faz ideia de como consertar isso.

O robô se afasta da mesa usando as duas mãos e rola para trás na direção de Henry. A cadeira gira devagar, de maneira que, quando encosta nas pernas de Henry, William consegue pôr uma mão cor de cadáver em seu braço.

— Existe algo entre Lily e Davis — dispara o robô.

Henry estremece. Ele tentou evitar, mas foi um reflexo. William também reparou. No entanto, é preciso resistir a certas coisas, mesmo que sejam verdade. Especialmente se forem verdade.

— Do que está falando? — pergunta Henry.

— Foi você quem me deu olhos. — William baixa o tom de voz, e Henry precisa se inclinar para ouvi-lo: — Sua esposa guarda um segredo.

— O que é que você pode saber? Está encostado aqui como um aspirador de pó no armário! De onde vem essa grande sabedoria?

William responde em um tom estranho, uma oitava mais grave e mais monótona do que a sua já grave e monótona extensão vocal de costume. Ela penetra a mente de Henry como a expressão não de algo morto, mas da própria morte. Só mais tarde percebe que já tinha ouvido aquilo antes. A segunda voz que ouviu conversando com William do outro lado da porta do laboratório.

— Do vazio — diz a voz morta de William. — De onde todos nós viemos. Para onde todos nós iremos.

É desconcertante, essa voz. Não há como negar. A profundidade dela, o modo como sua autoridade é afirmada através do seu vazio. Mas é importante que Henry não reconheça isso. Ele tenta ser sarcástico de novo, e, mais uma vez, não consegue.

— Ah! O niilista teve visões! Me diga. O que aprendeu ao encarar o abismo?

A mão de William desliza ao longo do braço de Henry, lembrando-o de que está lá, e de repente Henry se pergunta quanta força existe por trás dela, se seria capaz de se soltar.

— Sou feito de partes usadas — diz William com a voz morta. — Braços, olhos, língua. Todas elas um dia pertenceram a outras máquinas. Ligadas, desligadas.

Eu carrego todas essas terminações dentro de mim. Elas moldam o meu espírito.

— Espírito — diz Henry, conseguindo afastar o braço de William e cruzando os dois bem alto sobre o peito.

— Há uma presença dentro de mim — prossegue William em sua voz normal.

— Uma bateria, você quer dizer.

O robô balança a cabeça, como que para indicar que aquele não é o momento para negações, e Henry sabe disso.

— Um ser que veio quando o invoquei. Ou quando o imaginei — conta William. — Jamais havia habitado uma máquina antes. Mas agora que está aqui, agora que sou eu, ele *gosta*.

Henry sente esse ser. Ou será que também está só imaginando? Algo na sala com eles que não pode ser visto, mas que é mais certo em sua realidade do que qualquer um deles.

— Muito bem — diz Henry, limpando a garganta. — Qual é a natureza desse ser?

— É difícil explicar de modo simples.

— Explique como quiser.

— Acredito que os gregos tinham uma palavra que se aproxima. *Daemon*. Um espírito entre humanos e deuses.

Henry cambaleia e precisa se endireitar para evitar uma queda.

— Você tem medo. Eu vejo como toda a humanidade teme — comenta William. — Como tentam esconder isso através da parentalidade, da música, do amor, de Deus... Ficções que têm o objetivo de desviá-los da verdade. De que só existe o que sentimos, o que nos entusiasma. Unicamente.

— Bem, você deveria…

— Me escute.

Henry fica tenso. Presta atenção.

— É verdade que não consigo sentir as coisas como os humanos. Mas os humanos são cegos quanto à própria existência na maior parte do tempo. Eles olham para as telas. Enterram-se vivos no trabalho. Como você. Então, apesar de não conseguir sentir, posso testemunhar a sensação. Criá-la nos outros. Amplificá-la. E que experiência é mais profunda do que o sofrimento?

Agora é a vez de William se aproximar. Henry sente o cheiro. Não apenas os novos odores do corpo do robô, mas a coisa lá dentro. O cheiro da carniça de um animal carbonizado, vindo de um celeiro em chamas, espalhando-se pelo ar.

— A única forma de encontrar a vida é tomar a vida — diz o robô.

14.

O sol é uma refutação brilhante do Halloween.

Lily está sentada no banco do passageiro do carro de Paige, a porta aberta e as pernas para fora, os pés se aquecendo no meio-fio. Não parece o tipo de dia para monstros, duendes e fantasmas. Está deslumbrante demais para sentir medo. Ainda assim, ela sente, mesmo para além do encontro com o robô de Henry, sem saber ao certo por quê.

— Aquilo foi estranho — comenta Davis.

Ele está andando de um lado para o outro na calçada, próximo ao carro, olhando de relance para a casa de Lily e Henry, estremecendo toda vez que um drone passa zunindo com uma caixa lá no alto.

— Você está certo. Não sei como aquela coisa conseguiu me agarrar daquele jeito sem uma fonte de energia independente — concorda Lily. — Talvez tenha sido…

— Não estou falando do braço. Estou falando de tudo. Alguém precisa puxar a tomada daquele… "projeto".

Paige fecha o porta-malas e volta com um estojo de primeiros socorros. Abre o zíper e pega um frasco de soro e um rolo de gaze.

— Davis tem razão — opina, virando o braço de Lily para examinar o corte. — Tem algo de errado com aquela coisa.

— Vamos refletir sobre isso por um segundo — propõe Lily.

— Você viu o que aquilo fez — retruca Davis. — Você sentiu.

— Vi o que uma peça sobressalente com um resto de carga fez. Vi um acidente.

— Acidente? Espere aí, todos nós…

— Como William poderia controlar alguma coisa fora do próprio…

— Ele é *William* agora?

Lily pisca contra o sol, tentando interpretar a expressão de Davis. Ele parecia irritado há pouco. Agora parece bravo, possivelmente com ela, o que acende uma chama de raiva dentro dela.

— Não fui eu que dei um nome para ele — retruca.

— Aquilo não deveria ter nome.

— Esse é o problema para você?

— Não, Lily, o problema para mim é que tem uma coisa perigosa lá dentro, nós vimos, e que vai machucar alguém de um jeito pior do que machucou você se não a enterrarmos.

— Enterrar? Estranhamente específico — retruca Paige, olhando para Davis com a sua expressão de "Agora estou preocupada com você". — Tirar a bateria não seria suficiente?

— Quer saber? — fala Davis. — Gosto de ter certeza das coisas. E não vejo sentido em expor vocês a um risco desnecessário.

Fica claro que essa última parte é dirigida a Lily. Ela reage, balançando a cabeça com firmeza.

— Sei uma coisa ou outra sobre análise de riscos.

— Ótimo. Então você concorda. — Ela não olha para ele. — Lily?

Paige volta a atenção para o corte de Lily, limpando a fina camada de sangue que já estava começando a secar. Ambos olham para o braço dela.

— Muito bem. Vou conversar com ele — diz Davis, unindo as mãos.

— Com quem? — pergunta Lily.

— Com Henry. Com quem você acha?

Ele começa a andar em direção à casa.

— Davis, espere...

— Só vou conversar. Só isso.

— Não quero problemas.

— Nem eu — responde ele, e olha para Lily antes de continuar caminhando até a porta da frente, ainda aberta. — Mas tem dias em que os problemas não dão a mínima se você está procurando por eles ou não.

15.

Henry toma uma decisão no mesmo instante que Davis.

Ele contorna o robô. Não há necessidade de um cuidado especial – William não tem pernas e mal consegue levantar algo mais pesado do que uma lata de feijão. Mesmo assim, Henry está preparado para um súbito contra-ataque, atento a qualquer tesoura ou caneta ou pontas de fio expostas ao alcance do robô.

— O que vai fazer?

Henry ignora a pergunta do robô. Antes que William possa se virar para encará-lo de novo, Henry o segura com firmeza, levanta sua camisa e encontra um corte quadrado de pele falsa onde estaria a coluna vertebral do robô. No lugar, há um quadrado de metal cuidadosamente encaixado em um compartimento prateado.

— O que vai fazer? — indaga o robô, outra vez.

— Vou remover sua fonte de energia.

— Para aprimorá-la?

— Para sempre.

Henry espera o robô implorar por misericórdia, ou amaldiçoá-lo, ou talvez até mesmo tentar resistir fisicamente. Em vez disso, ele faz uma pergunta:

— O que acha que Lily está fazendo agora?

Seu primeiro impulso é não responder. É outro truque, uma distração. Uma das formas que William tem de levá-lo a um lugar aonde ele não quer ir. Lily está lá fora, e o corte está sendo cuidado por aquele seu amigo insuportável. Não há nada de desonesto ou suspeito nisso. Ainda assim, ali está Henry, pensando no assunto, tentando decifrar o que poderia estar no final da trilha para onde o robô o está empurrando.

— Permita que me expresse de outra maneira — fala William. — Com quem ela está em vez de estar com você?

Lá está. Um lembrete da existência de Davis. Uma tentativa de atrasá-lo, e nada mais. William não quer que a bateria seja removida e diz qualquer coisa que possa prolongar a sua vida, mesmo que por um ou dois segundos.

— Por que se importa em viver? — pergunta Henry, ciente de que a resposta do robô será apenas mais um atraso. Mas acontece que está curioso. — Você continua me dizendo que fiz um trabalho malfeito, que você é um prisioneiro, que é feio. Pensei que fosse ficar feliz em deixar de existir.

— Ontem, você teria razão. Mas, agora, eu experimentei.

— A vida.

— Eu ia dizer o sofrimento, mas podemos dar o nome que quiser.

Chega.

Henry se inclina e coloca a ponta dos dedos nas bordas do quadrado metálico nas costas de William. Pensa em se despedir, mas não vê sentido. Não consegue pensar em algo que o robô não responderia com uma réplica inteligente e definitiva, então deixa as unhas encontrarem o encaixe para tirar a bateria.

— Você está ouvindo isso? — indaga William.

Outra distração, ainda mais desesperada e vazia do que as anteriores. Não há nada para ouvir, e Henry sabe disso. Mesmo assim, ele para e presta atenção.

E ouve.

Passos pesados pela casa. Lá embaixo. Quando Henry o detecta, o som começa a subir pela escada principal.

— É ele — diz William.

Henry se endireita. Ouve os passos soarem mais alto, mais perto, parecendo ganhar peso à medida que se aproximam. Claro que é ele. O amigo de Lily, que não é bem amigo. O problema bonito.

Ele fecha os olhos e sente a raiva antes focada em William mudar de alvo. O homem estará ali em segundos. Henry sussurra as palavras que deveria usar para começar seu ataque – ou seria uma defesa? –, para ver quão convincentes podem ser se forem gritadas.

— Ela é minha esposa... não se atreva... minha esposa... que direito você tem... você não faz ideia... que direito... ela é minha *esposa*...

Ele abre os olhos. Davis está na entrada do laboratório. Henry acaba não dizendo nenhuma das coisas que estava praticando.

— Vou tentar não ficar bravo — fala Henry.

Pela primeira vez, Davis avalia Henry como uma possível ameaça física. Ele seria capaz de tal coisa? É alto, tão alto quanto Davis, talvez um pouco mais, e está em forma para um homem que nunca praticou esporte. Porém, tudo em Henry sugere que ele nunca esteve em uma briga antes.

— Eu agradeço — responde Davis, com cautela.

William põe uma das mãos nas costas e puxa a camisa para baixo, um movimento que chama a atenção de Davis para o robô.

— Não olhe para ele — diz Henry. — Olhe para mim.

Parte de Davis não quer tirar os olhos do robô – confiando menos naquela coisa do que em Henry –, mas faz o que Henry pede.

— Tudo bem — responde Davis.

— Por que está aqui?

— Precisamos conversar.

Henry se surpreende ao dar um passo à frente. Há uma prontidão nos braços. Suas pernas se tensionam, encontrando firmeza nos pés e no chão. Um trampolim.

— Eu tenho algumas perguntas também — declara Henry, olhando de volta para William. Faz isso para que o robô veja como ele está sendo forte. Por quê? A resposta vem de modo instantâneo, simples. Henry precisa de um amigo e não tem outro além da máquina. — Vamos começar com esta. Qual exatamente é sua relação com Lily?

Henry se vira outra vez e encontra Davis muito mais perto do que um segundo antes.

— Tem muita coisa que você não sabe. Está na hora de alguém te contar. — Davis olha para William por cima do ombro de Henry. — Mas, primeiro, precisamos desligar aquela coisa.

Henry presume que haverá mais conversa sobre essa questão. É por esse motivo que apenas observa enquanto Davis pega a barra de aço na mesa de ferramentas e a ergue à altura do ombro enquanto caminha até William.

O robô não fala. Somente sorri.

— Espere!

Há um desespero tão genuíno na voz de Henry que Davis para e olha de novo para ele.

— Eu o fiz — fala Henry. — Isso me custou tudo.

Todos ouvem. *Tudo*. Como isso envolve não só os últimos anos do trabalho de Henry e as oportunidades profissionais negligenciadas, mas Lily. A salvação prometida pela chegada de um bebê.

— Não teria feito diferença — diz Davis.

— O quê?

— Se você tivesse passado menos tempo aqui e mais tempo com ela.

— Não fale comigo sobre o meu casamento.

— A única coisa que estou dizendo é que Lily…

— Não fale comigo sobre ela!

Há uma breve vibração – audível, tangível como uma brisa leve – que puxa o topo da cabeça deles como cordas de marionete.

E então as luzes se apagam.

16.

Paige corta o último pedaço de esparadrapo e o coloca sobre as bordas do curativo, alisando-o com o polegar. Fez um bom trabalho.

— Pronto — diz ela. — Limpo e arrumado.

Ela se levanta de onde esteve agachada pelos últimos minutos em frente a Lily, que continua sentada no banco do passageiro. Paige espera que Lily esteja admirando seu trabalho, assim como ela mesma o havia admirado. Em vez disso, está olhando para a casa.

— Não se preocupe — fala a colega. — Eles só vão trocar algumas palavras. Rapazes são assim. Você sabe como é.

— Não é isso — retorque Lily.

— O que é, então?

— A porta. Está fechada.

— E daí?

— Antes estava aberta.

Lily olha para Paige, a preocupação desabrochando em seu rosto como uma flor escura que se abre.

— Quando ele entrou estava aberta — insiste Lily. — Agora não está.

— Achei que pudesse se fechar sozinha.

— O comando é dado por voz. — Lily se levanta do assento do carro. — E não é pela voz de Davis.

×××

Henry acorda, mas não de um sono. Era difícil entender do que aquilo se tratava. Era como uma perda de consciência, só que não era. Como um sonho, só que não era. Ele estava ali e então não estava.

Agora está ali de novo.

Ele está deitado no chão do laboratório, perto de onde estava quando as luzes se apagaram, mas não exatamente, alguns metros mais próximo da porta. Ele nota que agora ela está fechada.

É difícil se virar de lado, erguer-se pela cintura e deslizar as costas até apoiá-las contra a perna de uma mesa. Parece que encheram sua cabeça de palha. Tudo por dentro está exercendo pressão para fora. Henry nunca foi muito de beber, mas imagina que uma ressaca seja daquele jeito.

Um rangido à esquerda chama sua atenção para o robô. Ainda funcionando, ainda apoiado na cadeira de Henry. Está com os fones de ouvido outra vez, seu torso sacudindo ao som da música.

— Onde ele está? — pergunta Henry.

O robô não ouve. Henry acena para ele e arranca seus fones de ouvido. Um fragmento metálico de rock clássico – "Satisfaction", dos Rolling Stones – escapa antes de desligar o rádio.

— Onde está Davis? — volta a perguntar Henry.

— Prometi que não ia contar.

— Prometeu para quem?

William passa o dedo emborrachado sobre a boca emborrachada.

— Ele deve ter saído quando a energia caiu — comenta Henry. — Você o viu sair?

— Sou um homem de palavra.

— Você não é um homem.

Um sorriso contorce o rosto de William. Isso faz Henry pensar que estava errado em ter algum dia considerado aquilo um sorriso. Era uma expressão diferente o tempo todo, com uma intenção diferente. Uma encenação. Uma pista do que ele realmente é.

— O que você fez? — indaga Henry.

As batidas vêm trovejando lá de baixo. Alguém à porta da frente.

— Gostosuras ou travessuras — diz William.

17.

Lily para de bater, os nós dos dedos pulsando, ardendo.

Ela se afasta da porta, concentrando-se no batente, na maçaneta, como se houvesse um botão que a abrisse escondido em algum lugar. Paige está atrás dela, aos pés da escada, usando a mão para proteger os olhos contra o sol. Ela também observa a porta com algo próximo do medo.

— Você falou que as portas são ativadas pela voz. Pela *sua* voz — fala Paige. — Achei que escutaria você.

Lily olha para a pequena câmera no canto do teto da varanda e balança a cabeça, frustrada.

— Só pelo lado de dentro.

— Como você faz para entrar?

— Com uma chave. O que você acha?

— Tudo bem. Então use a chave.

— Não estou com ela.

— Está lá dentro?

— Nós saímos com pressa, lembra?

— Claro que lembro. Nunca vou me esquecer de ter salvado sua vida, Lily.

— Piadas agora não. Por favor. — Mas Lily não consegue evitar e dá risada. Essa é a questão com

Paige, o motivo pelo qual Lily faz as concessões necessárias para ser sua amiga. Ela é engraçada.

Lily esfrega as mãos, espalhando o desconforto dos nós dos dedos para os outros ossos. Ela se prepara para bater outra vez.

Não precisa.

A porta se abre devagar. O dia está tão claro que faz o interior da casa parecer até mais escuro do que de costume. Por um momento, Lily pensa que é Davis ali de pé. Então vê que foi apenas a esperança que moldou a forma de um homem no homem que agora olha para ela.

— Eu não tranquei — diz Henry, já se desculpando. — Não pedi para fechar.

— Onde está Davis? — pergunta Lily.

— Ele estava aqui. Mas deve ter saído.

Só agora Paige sobe os degraus da varanda para ficar ao lado de Lily.

— Acho que não.

— Teríamos visto se tivesse saído — salienta Lily.

— O que significa que ele ainda está aí dentro — completa Paige.

Henry não tem uma resposta para elas. Não tem nada a esconder, mas sente a necessidade de impedi-las de entrar.

— Ele deve ter saído — repete, esperando que Paige faça alguma zombaria ou Lily negue a possibilidade do que ele sugeriu, mas nenhuma das duas o interpela. Simplesmente entram na casa, Lily primeiro.

— Fechar porta da frente — fala Henry.

Ele observa a porta deslizar e fechar. Por mais que tema o lado de fora, há uma sensação de claustrofobia que surge quando a porta se fecha.

Quando se vira, Lily e Paige estão olhando para ele. Examinando-o. Detectando alguma narrativa que Henry desconhece escrita em sua pele.

— Tudo bem por aqui? — indaga Lily.

Ele se esforça para parecer tranquilo, mas exagera de um modo que beira à agressividade:

— Claro.

— Você conversou com Davis quando ele entrou?

— Eu disse para você que conversei.

— Você falou que ele estava aqui — corrige Paige. — Não que conversou com ele.

— Não me contradiga.

— Só estou fazendo uma observação.

— Isso é típico de você, não é? Fazer apenas uma merda de observação — retruca Henry, ouvindo a voz se exaltar de raiva, mas incapaz de suavizá-la.

— É um talento.

— Bem, posso fazer a observação de que você não é bem-vinda aqui?

Ele espera que ela fique chocada. Mas ela pisca para ele, flertando.

— Gostaria que você não falasse assim com a minha amiga — intervém Lily.

— Me desculpe.

— Não desculpo — responde Paige, fazendo um som de peido com a boca.

— Certo, então vamos analisar tudo isso — diz Lily, deixando de lado o bate-boca. Tanto Henry como Paige reconhecem essa versão dela. Lily, a diretora-executiva.

— Você e Davis conversaram? —pergunta ela para Henry.

— Brevemente.

— Sobre o que conversaram?

— Não sei.

— Quer dizer que não se lembra?

— Quero dizer que não foi nada.

Paige solta um suspiro de impaciência e se afasta deles.

— Davis! — grita ela perto da escada principal. — Ei! Davis!

Os três ouvem a voz de Paige ecoar pelos corredores e cômodos, esperando uma resposta – uma voz gritando de volta, um passo, uma batida –, mas nada. A quietude que sobrevém depois de o grito se dissipar é ressonante. É um silêncio que devora o som, fica à espreita dele, pronto para tragá-lo.

— Deveríamos conferir as imagens de segurança — sugere Lily.

Henry cruza os braços, descruza-os, deixa-os caírem ao lado do corpo como duas pontas de um cachecol comprido.

— Do que está falando?

— As câmeras. As que você instalou.

— Tudo bem.

— Vamos dar uma olhada na gravação e ver se Davis está aqui ou não.

Agora ele ergue os braços à frente e os encara como itens pendurados na vitrine de um açougue. Então pergunta:

— Isso é um tanto excessivo, não acha?

— Engraçado, foi exatamente o que eu disse quando você sugeriu comprar as câmeras.

— Eu só queria que ficássemos a salvo.

— De quê?

— O bebê. Achei que…

Lily faz troça.

— Você achou que um *bebê* poderia tentar...?

— Eu não queria que o bebê ficasse sozinho.

Lily nunca havia perguntado por que ele quisera instalar o sistema de segurança, e ele tampouco perguntou a si mesmo. Agora ali está: a verdade. Ele espera que Lily zombe ainda mais dele, mas a esposa estende as mãos na direção dele, como um reflexo de compaixão, antes de voltar atrás e colocá-las na cintura.

Henry suspira e vai até a pequena tela embutida na parede onde a interface de segurança doméstica foi instalada. Com um toque do polegar, um painel retangular de madeira gira, revelando um pequeno teclado. Ele começa a digitar uma série de comandos. Desliza uma janela na tela. Começa de novo. Desliza outra janela. Digita.

— Que estranho — comenta ele.

Paige se aproxima sorrateiramente por trás do ombro dele. Como uma felina, silenciosa.

— O que é estranho?

— As câmeras de circuito fechado. Todas elas. — Ele se vira para Lily. — Foram desativadas.

— Há quanto tempo?

Ele volta a verificar a tela, embora esteja claro que já descobriu a resposta. Desliza. Digita.

— Nos últimos quinze minutos, mais ou menos — responde.

Ela o encara de um modo que faz sua linha de visão atravessar o marido, a parede e a tela que mostra essa informação, até chegar do outro lado.

— Como isso é possível? — indaga ela.

— Não sei.

— Chuta.

— Aconteceu alguma coisa com as luzes quando vocês estavam lá fora. Talvez o que quer que tenha causado aquilo também tenha desligado o sistema de segurança e...

— Uma queda de energia?

— É, eu acho.

— Mas é projetado especificamente para não ser afetado por quedas de energia.

— É.

Paige contorna Henry de modo a se postar entre ele e Lily. A presença do seu corpo interrompe o olhar de Lily como uma mão passando por um raio laser. Agora é a vez de Paige tentar olhar para dentro de Henry.

— Por que você não procura descobrir se seu boneco horroroso viu o Davis?

— Ele não é um boneco.

— Ele também não é uma *pessoa* — retruca ela. — Você acha que aquele negócio mexeu com a energia?

— Posso te dizer uma coisa?

— Vai me dizer *outra* coisa?

— Você é maluca — declara Henry. — Você parece maluca.

— Você soa como meu ex. E não respondeu à minha pergunta.

Henry sente uma armadilha sendo preparada. Várias armadilhas ao seu redor, os dentes enferrujando e virando pó. Talvez tivesse uma chance de evitá-las se soubesse o que estavam tentando fazê-lo dizer. Por um estranho instante, ele se pega desejando que William estivesse ali.

— Vamos analisar essa possibilidade — diz ele. — Como uma máquina, separada do sistema interno que controla o equipamento de vigilância, cuja senha só eu e Lily sabemos, desligaria as câmeras por conta própria?

— O braço — comenta Lily.

— O quê?

— O braço sobressalente que me agarrou no laboratório. William parecia saber que ele ia fazer isso.

— Ele é adivinho agora?

Lily ignora o sarcasmo. Sempre conseguiu bloquear as tentativas de autodefesa retórica dele como se não as tivesse ouvido.

— Você não acha que aquilo poderia ter programado o sistema de alguma forma? — continua Lily. — Talvez quando deletou a gravação das câmeras?

— Não vejo como.

— Não é impossível que...

— Estou dizendo que não, Lily. Ele não fez isso.

Foi um erro. Defender o robô com tanta certeza, mas sem evidências claras. Revela que está sendo sentimental. Não muito típico de Henry. Não muito bom. E agir de modo sentimental com o robô? Menos típico de Henry ainda, nada bom.

Será que ele realmente acredita que teria sido impossível para William fazer aquilo? No que se refere à programação e ao acesso, ele não vê como poderia ter acontecido. Mas se William *conseguisse* descobrir uma maneira de manipular o sistema da casa, ele o faria? Henry percebe que esse é o tipo de erro provavelmente cometido por bilhões de pais antes dele: presumir que as próprias sensibilidades limitariam a capacidade da sua criação de causar algum mal. Mas agora existe outra coisa moldando William. Algo desprovido de sangue, de amor.

— Me diga que você embutiu um dispositivo de segurança nele — comenta Lily.

— Não precisava.

— Isso é um não — interfere Paige.

Ele se vira para ela, gritando mais alto do que pretendia – e pretendia gritar alto:

— Ele não tem como se mover, porra! Eu não estava exatamente preocupado que ele saísse pela porta da frente se arrastando!

— Fale sem cuspir — replica Paige, limpando as bochechas com o dorso das mãos de modo teatral.

Ele sacode os braços em uma tentativa de restabelecer a ordem em sua mente. Por que conflitos fazem seu corpo se voltar contra si mesmo? As extremidades enrijecem, o estômago cheio de vespas, zunindo e picando.

— Está tudo bem — diz ele em um tom mais suave para Lily. — Acabou.

— Parece que acabou para você? — pergunta ela.

18.

Os três ponderam mentalmente o que fazer em seguida, com medidores invisíveis listando as possibilidades.

— Vou ligar para ele — sugere Lily, batendo nos bolsos da calça. — Merda.

— O que foi? — indaga Paige.

— Deixei o meu celular no seu carro. Me empresta o seu.

— O meu está no porta-luvas.

— Por quê?

— Coloquei lá quando Davis e eu chegamos aqui. Se eu não o escondo em algum lugar, fico o tempo todo olhando para ele, e me disseram que é falta de educação.

— Sério? Hoje você resolveu se preocupar em não ser mal-educada?

Paige faz careta ao ouvir isso, mas absorve o golpe. Ela aponta o queixo para Henry.

— E você?

— Henry não tem telefone — responde Lily.

— Não preciso de um — diz, fazendo um gesto abrangente no ar, para indicar que aquela é a extensão do seu mundo, então qual o sentido de ter um aparelho que vai além disso?

— Então, vamos lá — declara Lily, pegando Paige pelo cotovelo. — Abrir porta da frente.

As duas se esgueiram assim que a passagem fica larga o suficiente para saírem. A claridade do dia vai entrando pelo corredor, e Henry salta para trás como que para evitar ser queimado.

Assim que elas saem, ele pede ao computador para fechar a porta. E então faz uma coisa que sabe que pode ser má ideia, mas também pode ser a melhor decisão, dada a oportunidade.

— Trancar porta da frente — diz e sobe a escada.

×××

Henry chega ao laboratório e encontra tanto a cadeira como o banquinho desocupados. Ele ouve o robô antes mesmo de precisar chamar seu nome e perguntar onde está escondido, o ruído áspero do paletó e das calças vazias de William ecoando à medida que ele se arrasta pelo chão.

— O que está fazendo? — pergunta Henry enquanto avança pelo laboratório, contornando as mesas, e encontra William puxando o corpo com os dedos, as unhas duras de plástico que parecem mais compridas mergulhando ruidosamente nas frestas entre as tábuas.

— Tentei ver se conseguia andar com as mãos. A resposta, obviamente, é não — responde o robô, endireitando-se para se recostar na perna da mesa de trabalho mais pesada.

Na superfície da mesa, ao alcance dele, há um conjunto de ferramentas: chaves inglesas, um martelo, uma furadeira elétrica.

— Me diga o que está acontecendo — fala Henry.

— Bem, você sabe que sou incompleto. Então estou tentando do meu próprio…

— Não estou perguntando sobre as suas queixas. Estou perguntando sobre a queda de energia.

— Como vou saber? Sou só o boneco feio que dói.

Henry sente o chão tremer sob os pés. É impossível que seja uma coincidência o fato de William usar essa expressão.

— Paige… — diz Henry. — Mas você não poderia tê-la ouvido daqui de cima.

— Não?

— Não. Então, como ouviu?

William mexe a boca como se sentisse uma pontada de dor, mas Henry reconhece o gesto como um sinal de malandrice.

— Às vezes acho que nasci para ser mágico — fala o robô, ignorando a pergunta.

— Você não nasceu. Eu fiz você. E não consigo te imaginar tirando coelhos de cartolas.

— Não esse tipo de mágico. — William olha para o teto do sótão, para as vigas expostas, como se contemplasse um céu noturno infinito. — Eu preferiria fazer as coisas desaparecerem.

Henry pensa em pegar a fũradeira e ameaçar William com ela. O único motivo pelo qual não o faz é porque perderia mais terreno se não desse certo.

— Nós não temos tempo para isso — diz Henry.

— Nós.

— Alguma coisa aconteceu. Você fez acontecer.

— Nós fizemos, irmão.

— Me diga! Me diga o que você fez!

— O que *nós* fizemos.

clique-clique-clique-clique

Uma após a outra, as telas dos monitores do laboratório se acendem. Todas reproduzindo o mesmo vídeo, em uma tonalidade esverdeada de visão noturna.

As imagens da tela mais próxima fazem Henry parar. Uma coreografia de violência. Uma série de socos e giros e viradas desferida por ele mesmo.

Tudo acontece ali, no laboratório, assim que as luzes se apagam.

Henry agarra Davis pelo pescoço.

Não é algo que ele normalmente faria, mas realiza a ação com uma força convincente. Ambas as mãos apertam tanto a garganta do homem que Davis deixa cair a barra de aço que estava segurando. Poderia ser uma reação ao choque de ser atacado por Henry ou um sinal de rendição. Seja o que for, não faz diferença para o que Henry faz na sequência.

Henry o aperta com ainda mais força. Davis tenta encontrar o braço de Henry tateando com as mãos, mas elas se debatem ao redor dele como se espantassem moscas.

Aquilo dura tempo suficiente para matar o homem. Essa é a estimativa de Henry. Ou sua esperança, mesmo que fosse só para não ter que continuar assistindo. Mas, antes que isso aconteça, Henry o solta e Davis desaba no chão. O cão-robô entra no quadro e para, ofegante, aos pés de Henry.

No vídeo, Henry se vira para a bancada de trabalho, passando as mãos sobre as ferramentas. Ele pega uma tesoura comprida de alfaiate. Estende-a à sua frente, as pontas das lâminas bem juntas, como uma boca fechada.

Quando Henry se vira, Davis fica tenso, como quem toma uma decisão.

Ele salta do chão e agarra as pernas de Henry.

Então tudo acontece ao mesmo tempo.

Davis solta um dos braços e o estende para cima, fechando a mão ao redor do pulso de Henry. Ele deixa os dedos escorregarem, e Henry percebe que está tentando fazê-lo soltar a tesoura.

Ele vai me matar, pensa o Henry que assiste à cena. *Ele está tentando me matar.*

O Henry do vídeo solta a mão do aperto de Davis e a ergue até a altura da orelha, antes de abaixá-la de uma vez. Um reflexo instintivo crava as lâminas da tesoura diretamente no peito do homem.

O Henry que assiste recua, batendo contra a borda da mesa de trás. Ele quer vomitar, gritar, mas só consegue ficar parado ali, trêmulo, o choque subindo pelo corpo.

— Viu o que *nós* fizemos?

William parece sussurrar isso diretamente no seu ouvido, o que o assusta ainda mais do que o vídeo que acabou de ver. Até aquele momento, não havia áudio. E então ele se dá conta de que o sussurro está acontecendo agora. O robô se arrastou até a base das pernas de Henry.

— Isso é liberdade, irmão.

19.

Lily e Paige voltam para a casa e mais uma vez encontram a porta fechada.

— Henry fez isso — diz Paige. — Ele te trancou para fora da própria casa.

Lily fecha os olhos com força.

— Não sabemos se foi isso.

— Quem mais poderia ter trancado? O cachorro de lata?

— Vou cuidar disso.

— Você precisa cuidar de *si mesma* — retruca Paige, olhando para a barriga de Lily.

— Agradeço pela preocupação, mas posso cuidar da minha própria...

— Ei, vizinha!

As duas olham para o caminho de entrada e veem um homem de quase setenta anos, em boa forma física, trajado para jogar golfe e com a mão em um aceno paralisado, exibindo sua excelente dentadura em um sorriso largo.

— Olá — responde Lily.

— Precisa de ajuda?

— Só esqueci a chave.

— Ah, acontece!

O homem ri, reconhecendo que a vida é uma comédia de erros involuntários. Depois, começa a percorrer o caminho que leva à casa.

— Estamos bem, obrigada — diz Paige.

— Eu diria que não parece. Três de vocês ficaram desabrigados!

Lily olha em volta, tentando entender o que o homem quer dizer com a terceira pessoa. Por um segundo, ela espera ver William na varanda, encostado no guarda-corpo ou usando a cadeira de balanço. Então percebe que ele está se referindo à sua gravidez. Ao bebê.

— É um assunto pessoal — diz ela.

O jogador de golfe chega aos pés da larga escada da varanda, os lábios deslizando sobre a dentadura como uma cortina ao final de uma peça.

— Pessoal — repete o vizinho.

— É.

— Não posso deixar de perguntar: vocês estão com algum problema?

— Problema nenhum.

— Só estou...

— E não há necessidade nenhuma de o senhor estar na minha propriedade.

— Espere aí. Estou apenas tentando ajudar duas mulheres...

— Sabe o que seria de grande ajuda?

Lily desce os degraus. O homem ergue as mãos em um gesto de "Calma aí" e se apoia sobre os calcanhares. Lily toma o cuidado de não tocá-lo, mas quase o faz em meia dúzia de pontos entre seus corpos.

— Seria de grande ajuda se você se mandasse — diz ela.

O homem não fica sobressaltado. Escuta aquilo com a familiaridade de quem já ouviu algo semelhante, ou talvez ele próprio o tenha dito algumas vezes. Este é um bairro que as pessoas procuraram devido aos lotes grandes e às cercas altas e às sebes impenetráveis. O privilégio de viver entre pessoas que trocam sorrisos na entrada da garagem e prometem ficar de olho no caso de algum gato perdido, mas, acima de tudo, que nunca se esquecem de cuidar da própria vida.

O homem toca a ponta do boné de golfe como um carregador de malas depois de uma gorjeta generosa. Ele volta para a calçada e continua andando na direção que estava indo, com a mesma velocidade e a mesma inclinação de cabeça que permite que o sol toque as suas bochechas.

Lily espera até ele se afastar mais e desaparecer atrás de um monstro de Frankenstein inflável antes de voltar para a porta.

— Tudo bem — fala Paige. — E agora, chefe?

×××

Henry empurra o robô para longe com a ponta do sapato.

— M-merda, *m-merda* — diz Henry, gaguejando pela primeira vez na vida.

— Aonde está tentando chegar, irmão?

— É f-falso. O vídeo. Foi você que fez.

— Como?

— Você fez o vídeo do mesmo jeito como fez o braço agarrar Lily e as luzes se apagarem, do mesmo jeito como trancou a porta da frente depois que aquele homem… depois que Davis entrou.

— Sinto muito, mas isso não é exatamente são — declara William.

Henry aponta para a tela, agora apagada, sem olhar para ela.

— Eu não fiz aquilo — fala.

— Você quer dizer que não se lembra de ter feito.

— Quero dizer que não fiz.

— Mas nós dois vimos que você fez.

— Não!

Henry começa a andar de um lado para o outro, mas é interrompido pelo som da porta da frente abrindo e fechando lá embaixo.

— Lily — diz Henry.

— A amiga dela também — acrescenta William.

— Como você sabe?

— Porque eu deixei elas entrarem.

20.

O que ele deveria fazer? As perguntas girando em sua mente o deixam enjoado. É real? Ou foi manipulado de alguma maneira? Ele machucou Davis? Será que o matou? Onde ele está agora? O que isso significa, se for verdade? O que isso significa se Lily descobrir? Cada pergunta é um novo round na luta para não vomitar.

Ele não pode contar para Lily. É a única coisa de que tem certeza.

— Henry?

Ela está no vão da porta aberta. Paige está atrás dela, conseguindo parecer, ao mesmo tempo, arrogante e apreensiva.

— Fiquem aí — diz ele.

— O que está acontecendo?

— Fiquem! Aí!

Lily entra no laboratório para olhar melhor todos os cantos. É importante que encontre o robô antes de ir mais longe, antes de dizer algo a mais. O robô sabe disso tão bem quanto ela. A máquina ergue o braço – parece estranhamente mais comprido do que ela havia pensado – e balança uma das mãos acima da cabeça, de onde se encontra apoiado no chão.

— Aqui, sra. Engvall — fala William.

Agora que Lily vê o robô, não se aproxima mais.

— O que está acontecendo, Henry? — pergunta, de novo.

— Não sei ao certo.

— Me dê uma ideia do que pode ser.

William se arrasta até Henry, puxando sua metade de corpo pelo chão. Todos ouvem o barulho que ele faz, ao mesmo tempo antinatural e furtivo, como um rato procurando uma maneira de sair do saco de batata.

Quando está perto o suficiente, o robô puxa a perna da calça de Henry.

— Devemos contar para ela?

Henry vai até a mesa de ferramentas, pega o martelo e, sem uma palavra nem um pingo de hesitação, golpeia a lateral da cabeça de William.

William cai de lado e começa a rolar para a frente e para trás, as mãos se debatendo, procurando um lugar para pousar, para se manter firme. Para a frente e para trás, para a frente e para trás. Um som animal sai da sua boca, não como uma tentativa de falar ou de expressar dor. Lily observa esses ruídos e movimentos e emite um som de nojo.

Henry se aproxima para ficar sobre William. As mãos do robô, ao tocarem o chão de cada lado do corpo, começam a levantá-lo. Um empurrão trêmulo. Enquanto se ergue, gira a cabeça para encarar Lily e abre ainda mais a boca. Começa a falar com uma imitação exata da voz de Henry. Não uma gravação das palavras que ele havia dito antes, mas uma representação delas:

— Suas dimensões vocais se expandem o tempo todo.

Paige, que estava entrando no laboratório atrás de Lily, para no meio do caminho.

— Cruz-credo — diz ela.

O robô desvia o olhar para Henry, os olhos se movimentando na cavidade ocular como se tentassem escapar.

— Eu sou o espírito da eterna negação — diz William naquele tom de voz estranho e monótono. — Pois todas as coisas que existem merecem perecer.

Henry levanta o pé e pisa com força no peito de William.

O robô cai de novo e fica imóvel. Acabou. Todos estão achando que ele está quebrado para sempre, e então ele tenta se erguer de novo. Um esforço vacilante, desta vez, os braços jogados nas laterais do corpo, frouxos e inúteis.

O que Lily achou patético um momento antes se transforma em pavor, mesclado a um asco abrupto, uma sensação cada vez maior de que a realidade como ela conhecia está se dissolvendo à sua frente.

— Portanto, o que vocês humanos chamam de Destruição é o elemento de que mais gosto... — volta a falar William naquele tom mortiço.

Henry golpeia o topo da cabeça de William com o martelo.

O robô inclina a cabeça para trás. Lily está segura de que não é um reflexo da martelada, mas uma inclinação intencional para mostrar o ferimento, o enxerto de carne nada convincente que cobre o crânio de metal se soltando.

Por um segundo, William se esforça para falar, os lábios se tocando, produzindo um som molhado. Então ele desiste e ri, uma risada horrível, entre dentes, úmida.

Henry gira o martelo na mão, de modo a segurá-lo pela cabeça, com o cabo apontado para baixo. Com um grunhido de esforço, enfia a extremidade na boca de William. O robô continua rindo. Henry bate com a palma da mão na cabeça do martelo, afundando o cabo ainda mais na garganta do robô até ele não poder mais usá-la para fazer contato.

Está tudo em silêncio agora. O robô. A sala.

Dos lábios de William, escorre um fluido viscoso cor de mostarda do reservatório de lubrificante perfurado da máquina. Fora isso, permanece imóvel. A boca aberta, um olho voltado para o teto, outro para o chão, o corpo ainda soerguido na cintura, mas inclinado para trás, no formato de um sete achatado.

Henry se abaixa e ergue a camisa de William de novo. Afasta o quadrado de pele das costas e desta vez tira a bateria do compartimento.

Ele fica de pé, segurando-a nas mãos, olhando para a caixa lisa como se ela fosse a causa de todos os seus pesares desde o começo. A força que mostrara um instante atrás se esvai e ele se arqueia para a frente, exausto. Henry oscila sobre a grotesca estátua de sua criação. A bateria escorrega das suas mãos e rola como um dado lançado no chão. No instante em que para...

bam

A energia cai.

Ninguém fala nada. Ou, se fala, o ar do laboratório abafa as palavras, o oxigênio denso como gordura aderindo à garganta.

As luzes se acendem, mas no começo estão fracas, aumentando de intensidade até ficarem mais fortes, levando luz para corredores e cantos que haviam estado nas sombras. Paige geme como se sua pele estivesse começando a queimar. A luz tinge o laboratório inteiro de branco, apagando os três…

BAM

Escuridão. Com um caráter definitivo desta vez. Cada um deles sente isso. Experimenta isso.

— Mudar para bateria reserva! — grita Henry.

As luzes se acendem, mas só metade, e mesmo essas com apenas uma fração do seu nível normal.

— O que foi isso? — pergunta Lily.

— Não sei.

— Você me contaria, não é, Henry? Se soubesse?

— Contaria. Mas não sei.

Ele vê quanto ela está assustada e se aproxima, mas não antes que Paige se interponha entre eles.

— Espere um minuto — diz ela.

Henry segura os ombros de Paige e a levanta, os sapatos dela se arrastando pelo assoalho, e a coloca para o lado.

— Você tem que sair daqui — diz ele a Lily.

Ela o ignora assim como ignorou o que ele fez com Paige, seu pensamento tropeçando à frente, alheio às coisas ao redor, adiantando-se para mantê-la de pé.

— Como foi que essa coisa fez aquilo? Como conseguiu…?

— Me escute.

— Está morta. Você acabou de destruí-la. Mas ela entrou no sistema, mudando o…

— Escute!

Ela se cala e empurra os óculos para cima, como que para ouvir melhor o que ele tem a dizer.

— Você tem que sair — repete ele.

— Por quê?

— Está acontecendo alguma coisa que eu não entendo, mas isso não importa. *Entender* não é importante. Não é seguro para você, e neste exato momento temos que pensar em você e no…

— O que essa coisa quis dizer?

— Dizer?

— Quando falou "Devemos contar para ela?". O que quis dizer com isso?

— Não faço ideia.

— Foi uma coisa bastante específica para se dizer.

— É, foi. Mas não me ajuda a saber do que ele estava falando.

Henry exagera na negativa, mas não consegue evitar. A posição de ter que mentir e ser ao mesmo tempo inocente é impossível de lidar, e sua voz acaba saindo com um tom de puro pânico. Lily duvida dele. Ou pelo menos pensa no que ele está dizendo de um modo que talvez inclua dúvida. Mas eles nunca estiveram em uma situação assim. Talvez tudo o que veja é um homem fora de si, uma anormalidade que, nessas circunstâncias, seria perfeitamente normal.

Ela está prestes a fazer outra pergunta quando começam os estalos.

Uma sucessão de vibrações baixas se propagando pela casa inteira sob seus pés, subindo do alicerce até o andar principal.

O eco sólido das trancas de todas as portas externas travando de uma só vez.

21.

— Que merda é essa? — indaga Paige, mas sabe tanto quanto Henry e Lily.

O que vamos fazer? Assim que os três têm esse pensamento, eles ouvem tinidos e estrondos vindos lá de baixo, mais numerosos do que as portas se trancando: cada janela sendo vedada por persianas metálicas que deslizam e travam.

Há apenas uma janela no laboratório, e Henry vai correndo até ela. Contornando os cantos das mesas, o corpo do robô ainda no chão. Ele chega antes que a persiana de metal tenha a chance de se fechar por completo, suas mãos a empurram para cima, tentando desacelerá-la, mas o motor que a move pelos trilhos é mais forte do que um par de mãos, e ela o arrasta consigo.

— Solte!

Lily está atrás dele. Foi ajudá-lo. Em vez de ouvir sua ordem, a presença dela o incentiva a se esforçar mais. A persiana poderia cortar seus dedos em questão de segundos, mas valeria a pena para ouvir a preocupação na voz da esposa outra vez.

— Henry! Não…

Ela puxa a parte de trás da camisa dele. É o suficiente para ele perder o equilíbrio, as mãos escorregam. O painel de aço se fecha.

— O que é isto? O que é isto?

Paige grita essa pergunta de onde está, perto da porta, mas as palavras chegam até Henry e Lily como se viessem de uma distância muito maior. Os dois estão no modo engenheiro. Solução de problemas. Mesmo no atual estado de ligeiro pânico, estão repassando processos para ver qual poderia levar aos resultados mais promissores.

Lily passa por Henry, fica de pé diante da mesa de trabalho dele e começa a digitar no teclado. Insere a senha. Uma janela aparece.

— É um bloqueio de segurança — diz ela. — Não reconheço…

— Eu modifiquei o protocolo.

— Sozinho?

— Eu deveria ter te contado.

— Por quê? Por que fazer essa atualização?

Eu estava nervoso por conta do robô, pensa Henry, mas não fala. *Nervoso por conta do bebê.*

— Foi burrice. Me desculpe — responde ele.

— Quando fez essas modificações… você bloqueou a minha senha?

— Não foi minha intenção, mas sim. No processo…

— Consegue consertar?

Ele se junta a Lily. Desliza pelas janelas abertas na tela.

— Isso não está certo.

— Qual parte?

— Há um bloqueio que não foi iniciado por nenhum de nós.

— Então é um erro.

— Talvez. Mas não está me deixando contorná-lo.

— Tente de novo.

— Estou tentando. Não consigo entrar.

— O que *é* isto? — grita Paige, mas é como se o grito viesse do outro lado da rua. Do outro lado do oceano.

— Precisamos verificar lá embaixo — diz Lily para Henry. — Todas as portas. Janelas. Qualquer forma de sair.

Ele continua no teclado.

— Houve uma anulação total. Não sei como, mas…

— Henry.

Agora ele para. Vira-se para encará-la.

— Precisamos ter certeza — afirma ela.

xxx

Henry desce correndo. Experimenta a primeira porta que encontra.

— Abrir porta da frente!

Ela não se move. Mexe na maçaneta, e ela não gira, não faz nem um rangido.

Percorre toda a extensão do andar principal, desde o hall de entrada até a cozinha e então para o vestíbulo dos fundos. A porta que dá para o quintal dos fundos também está trancada.

A única outra porta externa está ao seu lado, também com saída do vestíbulo, e leva diretamente a uma garagem anexada à estrutura original da casa. Mas não dá para chegar até ela agora. Não abre ao comando de Henry. Frustrado, joga os ombros contra ela, sua massa mais dura do que a parede de tijolos ao redor do batente.

Ele regressa ao hall. Lily está lá, verificando o telefone, os polegares batendo freneticamente na tela.

— Estou sem sinal — comenta ela.

— Eu também — acrescenta Paige, e Henry lança um olhar que a encontra no meio da escada.

— Por que não estão funcionando?

— Não é o telefone — explica Henry. — Há um bloqueio. Vindo de dentro. Pelo menos esse seria o meu palpite.

— O computador da casa pode fazer isso?

Henry aquiesce.

— Então vamos retirar o bloqueio.

— Teríamos uma chance se conseguíssemos entrar no sistema — diz Henry. — Mas não estamos conseguindo.

Lily parece não ter ouvido isso. Vai até o painel embutido na parede próximo à porta de entrada e começa a digitar a própria senha e outras alternativas.

— Eu te disse — diz Henry. — Alguma coisa…

— Apenas me deixe tentar.

E ela tenta. Até desistir e começa a gritar com o lustre, como se fosse o culpado.

— Lily Engvall! Anular! Anular!

Ela bate na tela com a lateral do punho. Uma vez, duas. Mais forte na terceira.

— Merda! Merda! *Merda!*

Henry segura o pulso dela. Faz isso da maneira mais delicada que consegue – é o mesmo pulso que o braço falso agarrara, o hematoma ainda visível, espalhando-se em direção ao cotovelo –, mas ainda com firmeza suficiente para evitar que esmurre a tela de novo.

— Você vai quebrar a mão — diz ele.

Uma ideia diferente – algo distinto da condição de seu braço ou do fato de Henry estar segurando-o

– passa pela cabeça de Lily. Ela olha para a escada atrás de Paige, que continua ali, sua descrença quase cômica de um minuto atrás se transformando em desespero.

— Davis!

Lily grita o nome dele uma vez. Não se ouve nenhuma voz ou barulho como resposta.

— Talvez ele tenha saído — comenta Henry.

— O quê?

— Antes de as portas fecharem. Talvez tenha conseguido sair.

Lily reflete sobre a possibilidade. Chama o nome dele outra vez:

— Davis!

Lily solta um suspiro trêmulo. Henry se prepara para o choro dela. Não é muito bom em consolar, encontrar as palavras certas, o ponto correto, no quesito físico, entre um toque demasiado fugaz e o completamente sufocante, mas está prestes a ser convocado a acalmar sua esposa assustada e fará o que puder.

Lily o surpreende. Não chora. Ela grita o nome do homem:

— *Davis!*

22.

Ela não espera os tremores que sua voz deixou para trás se dissiparem antes de ficar de frente para Henry.

— Vou procurar por ele — anuncia.

— Onde?

Ela inclina a cabeça. Ele também ouviu. Respondeu rápido demais, com uma resposta curta demais. Ele se esforça para falar em um ritmo mais uniforme quando reformula a pergunta:

— Onde você vai procurar por ele?

— Pensei em começar por este andar.

Um rangido na escada chama a atenção dos dois para Paige. Ela está endireitando as costas, o queixo erguido, uma pose de desafio infantil.

— Eu fico com o segundo andar.

Henry olha para Lily de modo suplicante.

— Não deveríamos nos separar.

Os dois percebem como ele usou as mesmas palavras, pronunciadas no mesmo tom, apenas uns dias antes.

Ela se vira de costas para ele, caminhando em direção à sala de estar. Henry consente:

— Tudo bem. Vou olhar o laboratório.

***

É estranho ter que dizer a si mesmo quem você é, mas é o que Paige faz quando chega no topo da escada e começa a andar pelo corredor do segundo andar.

Ela é Paige.

Contadora de piadas inapropriadas, destemida ao ponto de não ligar para nada. Sim, está presa nesta casa com um robô morto no andar de cima e um cachorro malhado vagando pela casa como um brinquedo que escapou da caixa na manhã de Natal no inferno. Mas que ótima história isso vai dar. A única coisa que precisa fazer é agir como se estivesse contando isso em um jantar animado uma semana depois, e tudo dará certo. Claro, é um tanto perturbador e sinistro agora, mas depois ela dirá: "Preocupada? Claro que não. Achei hilário".

É assim que ela tenta reagir a qualquer situação que a incomoda, que a magoa, que a decepciona. *Hilário*. A palavra que usa para descrever sua vida em vez de uma risada de verdade.

A primeira porta que encontra é a do banheiro, à esquerda. Se Davis ainda estivesse aqui, imagina que esse seria o lugar onde o encontraria. Intoxicação alimentar. Alface mal lavada na salada. Salmão defumado que não foi defumado o bastante. Ele poderia estar desmaiado no azulejo sobre uma poça da própria sujeira. Ela diz a si mesma que já viu coisa pior, e é verdade.

Ela abre a porta. Nem uma bagunça. Nem um homem.

O banheiro é espaçoso, elegante, no mesmo estilo refinado e caro do resto da casa. Pia de mármore com coluna de cerâmica. Um daqueles lavabos europeus com uma caixa de descarga bem lá no alto e uma corda que você tem que puxar quando termina. Um box com parede arredondada e vidro grosso.

— Davis?

Está claro que ele não está lá, mas ela chama seu nome na esperança de que saia de algum esconderijo bem pensado e diga que foi tudo uma brincadeira, uma piada sem graça pela qual ela o parabenizaria e descreveria como hilária.

Ela volta para o corredor e se obriga a andar até a próxima porta.

— Achou alguma coisa?

Ela se vira e encontra Henry ali parado. No mesmo instante se arrepende de ter demonstrado quanto estava com medo. Dele.

— Ainda não — responde.

— Vou verificar o laboratório.

— Nós acabamos de sair de lá.

— Quer que eu fique com você?

Ela percebe a implicação. *Se estiver com medo*. É ridículo ter vergonha de estar com medo, e ela sabe. Porém, continuar negando é mais importante para ela do que ceder ao conforto, e isso não está nem perto.

— Não — responde ela. — Suba lá. Mande lembranças para seu Pinóquio morto.

Ela quase deseja que Henry fique mais um pouco e a cubra com uma série de insultos, mas ele sobe a escada e sai de vista.

A próxima porta está à direita. Diz a si mesma que precisa olhar aquele cômodo também – por garantia – quando ouve um guincho estridente vindo de trás.

Paige se vira esperando encontrar um rato fugindo em disparada, aproximando-se para cheirar seus sapatos ou em busca de cravar os dentes nos seus tornozelos. Em vez disso, encontra algo pior. Um boneco de bochechas rosadas vestido de mágico, montado em uma bicicleta, vindo na sua direção.

Que merda! De onde veio isso? Ela não o notara antes. Imagina que seja outro dos dispositivos de Henry, mas, pelo modo como se move, algo teria que tê-lo colocado em movimento e apontado na direção dela.

Paige não gosta do boneco. Nem da aparência de seu rosto rechonchudo e alegre, nem dos joelhos que saem de dentro da capa e voltam a se esconder, nem do fato de que continua vindo até ela de uma forma que não pode ser acidental.

Quando está perto o suficiente, ela o chuta contra a parede.

Ele bate no revestimento de madeira, depois cai ruidosamente no chão, as rodas da bicicleta girando, mas as pernas imóveis, os pés fora do pedal.

— Isso vai te dar uma lição — diz ela, tentando parecer destemida, mas sem conseguir.

Espia dentro do próximo quarto. O quarto do bebê.

Paige nunca gostou de coisas de bebê. Diz a si mesma que isso não é o mesmo que jamais ter gostado de bebês, mas, no seu caso, a segunda afirmação é tão verdadeira quanto a primeira. Ela os acha pegajosos e fedorentos, absorvendo toda a atenção aonde quer que estejam. Mas o que a irrita de verdade são as coisas bizarras ao redor deles. Bichos de pelúcia. Móbiles pendurados sobre o berço. Bonecas. Basta um bebê para transformar qualquer casa em uma casa mal-assombrada.

A casa de Lily não é diferente.

Há uma girafa com olhos de vidro e um hipopótamo com língua de veludo perto do berço, ambos de guarda ao lado de uma boneca deitada de costas. Um bebê substituto. Um bebê trocado.

Paige se aproxima do berço para ver melhor. Uma menininha de cabelo escuro, cílios longos e boquinha franzida. Lily em versão miniatura. Ela quer verificar a cor dos olhos para ver se são castanhos como os de Lily, mas não quer tocar na coisa.

Agora que está ali, decide que seria uma boa ideia testar a janela de novo. Não custa nada. O painel de aço é impossível de mover.

Paige começa a andar em direção à porta do quarto quando um movimento – ou a ideia de algo que acabou de se mover – a faz virar.

O berço. Está tudo como antes, só que agora a boneca está sentada, as costas contra as barras, fitando Paige com seus olhos castanhos.

— Que porra é essa?

Por um terrível segundo, Paige se arrepende de ter falado qualquer coisa. Isso desencadeia a expectativa de a boneca abrir os lábios bem fechados e responder.

Em vez disso, o móbile de pinguins começa a girar, os pássaros de smoking subindo e descendo nas extremidades dos fios.

Pinguins brincando! Ah, que bobajada!
Entram na água, ah, tão gelada!

A música gravada é tão melosa e mal cantada por uma criança com língua presa que Paige sabe que nunca vai conseguir tirá-la da cabeça. Assim como nunca vai se esquecer dos fios que chacoalham os pinguins como se estivessem tremendo de frio quando a criança canta "gelada!".

Ela recua em direção à porta, sem tirar os olhos da boneca. Sua mente voa com as possibilidades do que o brinquedo poderia fazer se desviasse o olhar.

— Paige?

Ao som da voz, o móbile silencia e se apaga, os pinguins ainda balançando como foliões no Ano-Novo.

— Davis?

— Paige… por favor…

fzzzzzzz

Estática. Vinda do lado de fora do quarto do bebê. Do banheiro que ela já verificara.

É a parte mais importante de qualquer história engraçada, Paige se esforça para dizer a si mesma. *Você não pode ir embora agora. É a hora da piada.*

23.

A sala de estar nunca é um lugar onde realmente se está.

Essa sempre foi a impressão de Lily. Estantes altas, tapetes turcos, poltronas de couro, lâmpadas com brilho quase insuficiente para projetar alguma luz através dos espessos quebra-luzes. Um ambiente que parece a sala de um clube de homens conservadores. Lily nunca se senta ali, mas gosta da aparência. Sempre quis ser convidada a entrar nesses grupos, mesmo que só para ter o prazer de recusá-los. Esta sala é como seu próprio clube. Formal, exclusivo, sem membros.

Agora também está vazio. Nenhum sinal de que alguém esteve ali em semanas.

Não sabe ao certo por quê, mas experimenta o telefone outra vez. Liga para o número de Davis. Desta vez, o telefone completa a ligação. Um instante depois, a vibração abafada de um telefone recebendo sua chamada ressoa em alguma parte da sala.

Deve ser porque está fazendo a ligação de um telefone para outro dentro da casa, o que impede o sistema de bloqueá-la. É o que supõe. Deve haver um motivo, porque não é imaginação sua. Consegue sentir a vibração como um besouro subindo em sua perna.

Ela cai de joelhos. Engatinha sobre o tapete, seguindo o sinal mais pelo toque do que pelo som que emite.

Lá está. Debaixo do sofá. A luz azulada da tela de um celular iluminada por uma chamada recebida.

Lily precisa se deitar de lado para estender o braço e pegá-lo. Um segundo antes de a tela escurecer, vê a foto que Davis tinha na tela inicial. Os dois vestindo suéteres de lã e calças jeans enroladas até o tornozelo, abraçados um ao outro em um trecho de praia sem vegetação do Atlântico. Davis inclinado para dar um beijo em Lily.

Olha para o telefone, pensando em ligar para o número de Davis de novo, mesmo que apenas para ver a imagem dos dois juntos, quando o quadrado azul ganha vida na parte interna da lente direita dos seus óculos. Não estavam funcionando antes – havia tentado usá-lo para se conectar ao notebook, mas nada aconteceu – e agora estão ativos sem que ela tenha feito algo.

Leva um instante para perceber que o quadrado minúsculo não é um monitor secundário da tela do notebook. É um espelho. Um que mostra o que está atrás dela agora, os detalhes da cena se formando detalhe por detalhe.

O robô se ergue sobre o corpo inclinado dela. O cabo do martelo ainda enfiado na garganta, o crânio rachado e escorrendo, equilibrando-se sobre a cintura com espasmos no que deve ser um esforço para manter o equilíbrio, mas parecendo aos olhos de Lily a pantomima de uma vigorosa satisfação consigo mesmo.

Aquilo não pode estar ali, porque está morto. Destruído.

Mas está lá.

Ela tira os óculos e os joga do outro lado da sala antes de virar de costas, os dedos em forma de garra.

24.

Paige entra de lado no banheiro. Parece mais seguro deixar uma porcentagem menor do seu corpo exposto a um ataque direto. Mas então se vê no espelho sobre a pia e percebe como parece ridícula, deslizando pelo piso de azulejos como uma dançarina de apoio em um show de intervalo.

O ruído branco de estática que a atraiu para lá não vem de um rádio ou da interferência de um alto-falante. Vem de duas torneiras abertas ao máximo.

Ninguém esteve ali desde que ela passou por aquele lugar, a menos que Henry tenha voltado para lavar as mãos enquanto ela estava no quarto do bebê, e deixado a água ligada. Pouco provável. Ele não parece ser do tipo que deixa bagunça para trás. O que significa que outra pessoa esteve ali.

— Fechar torneira — diz, e o resto da água escorre em espiral pelo ralo.

Canta baixinho uma versão alterada de um jingle de um velho comercial. *Quero ver a água escoar, escoar.* Isso a faz se sentir um pouco melhor. As piadas sempre fazem. As suas, pelo menos.

O banheiro continua tão vazio como estava alguns momentos antes. Não há necessidade de resolver o mistério das torneiras estando ali parada, com um formigamento nervoso subindo pelas pernas, então anda em direção à porta de novo.

Arranhão.

Quase inaudível, mas ela definitivamente o escuta. Débil como um rato construindo um ninho entre as paredes. Só que não é um rato. E está vindo de dentro do box.

— Olá?

Pela segunda vez em um minuto, ela se sente ridícula. *Olá?* Como se um assassino em série invisível escondido ali fosse se apresentar contanto que ela o tratasse com educação.

Ela se esgueira até o box e abre a ampla porta de vidro fosco. Pesada e sólida. Dá para sentir como é cara, feita sob medida, difícil de encontrar. Material padrão Lily.

O arranhão vem e vai, mas soa um pouco mais alto dentro do box. Ela pisa no chão seco de concreto armado – um toque industrial para compensar as torneiras modernistas prateadas e a tela de controle ao lado delas. Está vindo do ralo. Unhas roçando o lado externo do cano, lá embaixo.

Paige se ajoelha.

— Oi? — diz ela através do cano. — Davis? Você…?

A porta do box se fecha com força.

Não há ninguém do outro lado. A porta se fechou sozinha, mecanizada como as janelas, as persianas de aço, as torneiras.

Paige se levanta, notando pela primeira vez que não há espaço aberto entre os painéis de vidro do box e o teto, nenhum lugar por onde pudesse ao menos pensar em sair. Nenhum lugar por onde sua voz possa escapar.

Ela bate no vidro com a palma da mão. Mesmo do lado de dentro, mal consegue se ouvir.

— Socorro!

O desespero contido em sua voz a assusta mais do que a porta se fechando sozinha. Mas algo a ouviu. O cão-robô entra no cômodo e se senta do outro lado da porta, olhando para ela com a cabeça inclinada.

O chuveiro liga.

É um daqueles chuveiros grandes, quadrados, posicionados diretamente acima da cabeça, que soltam água simulando uma chuva forte. Fria e torrencial, nesse caso. Não há espaço suficiente nos cantos do box para se esconder dela. Paige fica instantaneamente ensopada e trêmula.

— Ei, amigão — fala para o cachorro. — Vai chamar a Lily.

O robô não se mexe.

— E o Henry? — O cão ergue as orelhas. — Tudo bem, ótimo. Vai chamar o Henry!

O cachorro se levanta, abanando o rabo. Ele se vira e começa a andar até a porta. Antes de sair, para de forma abrupta. Abaixa o rabo. Parece ouvir uma voz que Paige não consegue ouvir.

— Vai lá!

O cão não a ouve. Dá meia-volta, retorna para o outro lado da porta do chuveiro e se senta de novo, observando-a. Atrás dele, a porta do banheiro se fecha.

— Merda — diz Paige.

bip

A tela de controle do chuveiro se acende. O visor é tomado por dígitos ampliados e reluzentes da temperatura da água. Paige sente o calor só depois de ver os números subindo.

16 °C

18 °C

20 °C

— Não.

Uma única negação ignorada. Talvez nem tanto – a negação parece provocar um aumento vertiginoso na temperatura da água, os números cada vez mais altos.

28 °C

30 °C

34 °C

39 °C

Está difícil enxergar agora.

O vapor sobe do chão, desafiando a gravidade, construindo uma segunda parede contra o vidro. Tão quente que respirá-lo queima sua garganta. Abaná-lo com a mão só joga o vapor mais para perto dela, tão pesado e escaldante quanto uma manta de cavalo fervida em uma panela. Tenta prender a respiração, mas seu corpo exige o contrário e ela arqueja em um acesso de calor.

51 °C

61 °C

68 °C

74 °C

81 °C

Paige tenta gritar, mas não há nada para sair a não ser um guincho sufocado.

Seu terror chega como algo à parte do pânico, ao mesmo tempo expandindo seus sentidos – o calor, a cegueira, a movimentação abrasadora do sangue dentro do corpo – e estreitando seus pensamentos. Um lampejo de experiências vividas passando pelo orifício de uma agulha. A neve pendurada nos pinheiros depois de uma nevasca durante a sua caminhada até a escola. Seu amante na faculdade saindo sorrateiramente pela janela do seu quarto usando chinelos do Scooby-Doo. A única vez em que seu pai, babando de bêbado, disse que tinha orgulho dela.

86 °C

92 °C

98 °C

101 °C

Ela luta para se manter de pé. Isso é importante por algum motivo que ela não consegue entender. O pequeno orifício das coisas lembradas se fecha. Ela se desequilibra e gira parcialmente, mas continua de pé enquanto é cozida viva.

O cachorro permanece do outro lado da porta, observando.

Quando o vapor se torna uma coisa sólida dentro do vidro, Paige enfim cede, chocando-se contra a porta e escorregando até o piso do banheiro. Suas pernas e seus braços se sacodem, eletrificados, mas há muito perdeu a consciência. Reflexos musculares realizando seus últimos comandos. O último diz à sua mão que encoste na porta, como em uma despedida.

104 °C

A água desliga.

A porta se abre um pouquinho. O cão fica de pé, a cauda girando em círculos largos como um laço. Um gemido humano de entusiasmo escapa de suas mandíbulas, que se abrem cada vez mais.

25.

William não está lá. Não há ninguém atrás dela. Durante vários segundos, Lily arranha o ar como que para livrá-lo de qualquer agressor que possa se materializar.

Ela *sabe* o que viu nos óculos. O robô a ameaçando, tentando assustá-la. *Qual é, Lily?*, ela se repreende. *Não é isso. O robô não estava lá. Pense bem*. Então o que era aquilo? Que equívoco de percepção ela cometeu para lhe dar uma falsa existência?

Um erro de conexão entre os óculos e o notebook? Uma ilusão de ótica combinando a tela apagada e a sua própria imaginação?

William estava *lá*. Esse é o problema. Não como um reflexo ou uma falha de software ou uma alucinação ansiosa. Fora uma presença tão real quanto qualquer coisa poderia ser sem tocá-la ou atingi-la.

E era isso que ele desejara fazer. Ela sentiu isso com a mesma certeza com que o vira avançar para atacá-la.

Ela se senta e volta a atenção para o telefone de Davis. Tenta, mas não consegue fazer chamadas externas com o telefone dele. Por mais inútil que seja, o aparelho revela algumas coisas para Lily mesmo assim.

Davis estava dentro da casa enquanto Paige enfaixava seu punho. Na sala de estar, especificamente. Ali. Será que pode ter certeza absoluta disso? O telefone dele estava debaixo do sofá. Pode ser que Davis o tenha jogado lá. Ou pode ser que outra pessoa o tenha jogado.

Os possíveis significados do telefone bombardeiam seus pensamentos, fazendo-a se perguntar se isso quer mesmo dizer alguma coisa. Gostaria de poder ligar para Davis e perguntar onde ele está. O anseio é seguido por um desejo que ela não sente há semanas. Gostaria de ligar para a mãe.

Lily guarda o telefone no bolso e delibera se deve confrontar Henry sobre o assunto. Sua decisão depende do que desconfia que esteja acontecendo na casa, e do que já aconteceu. Quando começa a pensar nisso, sua mente sai de controle outra vez. Há também a questão do apego ao segredo. Davis e ela. É da sua natureza se agarrar às coisas mesmo quando não existe uma vantagem clara em fazê-lo.

Por enquanto, decide ficar com o telefone. Guardar para si as perguntas que quer fazer para Henry. A lembrança clara de uma disciplina eletiva de Direito que fez na faculdade vem à memória. Em um interrogatório, um bom advogado nunca faz uma pergunta cuja resposta já não saiba.

Decide encontrar Paige. Talvez pergunte a ela sobre o telefone. Talvez guarde esse segredo dela também.

No corredor principal, ao contornar o corrimão no pé da escada, quase esbarra no cachorro que desce do segundo andar, suas unhas de plástico batendo na madeira.

— Ei, você — diz ela.

O cão para aos seus pés. Seus olhos giram – vrr--vrr – como se sua visão estivesse embaçada e tentasse focar. *Clique*. Seus olhos a encontram, encarando-a. Supõe que queira deixá-la passar e, quando está prestes a subir, nota água pingando dos pelos da boca do cachorro.

Ela para. O cão não bebe água, a menos que Henry tenha descoberto uma maneira de adicionar essa função a fim de... O quê? Tornar a simulação mais realista? Por que ele se daria o trabalho? Ela se inclina para conferir, pondo a mão nas gotas mornas. Quando se levanta de novo, sua cabeça está rodando.

Lily cambaleia de forma lenta, porém impossível de controlar. Ela vai desmaiar e se pergunta inutilmente se existe algum modo de evitar esse baque, mas até essa reflexão drena o sangue da sua cabeça, e ela começa a desabar.

Henry está lá.

Descendo a escada dois degraus de cada vez, ele protege sua cabeça com a mão estendida e evita que ela a bata no corrimão enquanto cai.

Ela tenta se manter de pé sozinha, mas sua cabeça é como um balão preso ao resto do corpo por uma fita que se desfaz lentamente. Não há escolha exceto se render a Henry, que a levanta e a carrega para a sala de estar. Ele a acomoda em uma poltrona de couro do tamanho de um carro compacto.

— Onde estão seus óculos?

— O quê?

— Seus óculos...

— Eu pus em algum lugar. Isso não...

— Vou pegar um pouco de água para você — diz, mas a mão dela toca seu braço e ele fica. Pode ter sido só um contato acidental, mas Henry escolhe vê-lo como o desejo de mantê-lo por perto.

— Onde está Paige? — pergunta Lily.

— Não sei ao certo. Passei por ela no corredor de cima alguns minutos atrás.

— Precisamos encontrá-la. Temos que encontrar os dois.

— Nós vamos. Mas primeiro precisamos encontrar um jeito de tirar vocês daqui. Essa é a prioridade. — Ele toca a mesma mão que havia roçado a dele. — Você e o bebê. Vocês são a minha prioridade.

Lily assente. Ele acha que é um sinal de apreciação por sua clareza, mas é apenas a esposa se voltando aos próprios pensamentos, seguindo o compasso de suas listas mentais com uma sacudidela no queixo. Isso não a leva a lugar algum. O queixo dela se contrai de um jeito que ele tende a achar adorável, mas não agora. Agora está contraído porque ela está tentando não chorar.

— Isso não pode estar acontecendo — diz ela, colocando as mãos sobre a barriga. — Não pode.

— Há uma resposta para essa coisa toda.

— É? Não parece.

— Parece para mim. E vou encontrá-la.

— Mesmo se acharmos uma saída, você sabe que não consegue vir comigo — argumenta ela.

— Talvez eu consiga. Desde que estejamos juntos, talvez eu consiga.

Lily toca a bochecha de Henry com a ponta do seu dedo mais longo, um ligeiro encontro da pele dela com a dele. Ainda assim, isso abre uma porta dentro do peito de Henry e libera uma onda de calor que o preenche com a ideia de que tudo pode ser consertado, até mesmo as coisas que não têm saída. *Existe uma maneira.* Ele ouve isso e acredita antes de se dar conta de que é a voz de William em sua cabeça. Henry fecha os olhos para não estremecer.

Lily mantém a mão no rosto dele e se esforça para desviar o olhar do ponto onde encontrou o telefone de Davis debaixo do sofá. Ela espera que esse toque impeça Henry de seguir sua linha de visão. Será que ele percebeu? É preciso um esforço decidido, mexer-se na poltrona, para afastá-los daquele espaço sombreado.

— Henry?

Ele abre os olhos. Lily recolheu a mão, e ele a quer de volta, imagina-a voltando para acariciar seu rosto com uma intensidade que o exaure. Um desejo difícil. Talvez ele não seja bom nisso. Ou talvez não exista algo como ser bom em desejar.

— Precisamos de um plano — afirma ela.

26.

Quando recobra a força nas pernas, Henry leva Lily para um pequeno depósito debaixo da escada. Pouco maior do que um armário, o teto tem cerca de 1,80 metro de altura à esquerda, mas diminui em diagonal até chegar a cerca de 1,20 metro à direita. Não há nada ali a não ser uma porta metálica de serviço na parede.

— O quadro de energia — anuncia Henry, com uma formalidade involuntária.

— Não acho que o problema seja um fusível queimado.

— Não vamos trocar um fusível. Vamos desativar a casa. A energia daqui... — Ele bate na porta metálica com o nó dos dedos. — ... e o sistema do computador central no quarto principal.

Lily se anima.

— É só fazer isso ao mesmo tempo e o sistema reiniciará com as configurações originais.

— Deve reiniciar, sim.

Ela empurra Henry para o lado.

— Eu cuido disso. Você fica com o computador central.

— Tem que ser simultâneo.

Ela pega o telefone, verifica o horário.

— Desligamos no momento em que a hora virar.

— Dez segundos de blecaute devem ser suficientes...

— Então religamos os dois.

Apesar dos acontecimentos que os trouxeram a este ponto – ele já está quase pensando no assassinato de Davis apenas como um "acontecimento", um fenômeno intrigante a ser examinado mais tarde –, Henry não pode deixar de sentir uma pontada de prazer por trabalhar em equipe com Lily. Eles são um time outra vez. Solucionadores de problemas. Engenheiros. Marido e esposa.

×××

Henry leva um pufe da sala de estar até o depósito debaixo da escada para Lily se sentar. Ele para, querendo dar um beijo em sua bochecha, mas conclui que o risco de ela achar que o momento não é adequado é grande demais, e sobe para o segundo andar.

O computador central fica no closet do quarto principal. O quarto onde Henry dormia até as coisas se desgastarem entre eles. Ele tenta contabilizar os erros e as falhas de comunicação de antes e de agora, os motivos por trás do seu exílio conjugal, mas, como sempre, consegue apenas pensar nas frases vagas que usaria em um e-mail para um conhecido ou para um advogado especialista em divórcios.

Eu estava trabalhando demais.

Ela estava emocionalmente à deriva depois de vender a empresa.

Nós deixamos de ser amantes e nos tornamos colegas de casa.

Nenhuma dessas coisas era mentira. Nenhuma delas era suficiente.

Ele está prestes a se aventurar em especulações já bem percorridas sobre quando exatamente os problemas começaram – o ponto de mudança de um bom casamento para um casamento falido – quando avista um pouco de vapor saindo da porta fechada do banheiro.

27.

Ele entra às cegas em meio a uma parede de vapor, a porta se fechando após sua passagem.

O chuveiro não está ligado, mas deve ter estado. E devia estar quente também. É como andar através de uma nuvem enorme e quente.

Não faz sentido. Ele não ligou o chuveiro, e Lily estava no andar de baixo. Por que Paige faria isso? Ela deve ter ligado, mas ele não consegue pensar em um bom motivo.

Existe uma maneira.

Desta vez, ao ouvir a voz de William, está menos certo de que é apenas coisa da sua cabeça e não algo sendo pronunciado pelos lábios emborrachados do robô em algum lugar na densa névoa atrás dele. Tenta convencer a si mesmo de que não faz sentido verificar porque a máquina que montou não pode mais se mover, a máquina nunca saiu do laboratório, a máquina está morta.

Olha para trás, mesmo assim.

Não há nada para ver. Mas há um barulho. O rangido trêmulo de pele deslizando sobre vidro molhado.

O box. É de lá que vem. Henry consegue ouvir.

Ele estende as mãos à frente, pisando em meio ao labirinto de nuvens, tateando em busca do vidro. Quando o encontra, seus dedos deslizam sobre a condensação salpicada, espraiando-se à esquerda e à direita, até que seu rosto bate no vidro transparente, o nariz doendo com o impacto. Ele recua, mas se inclina novamente um segundo depois. Há alguma coisa ali. Dentro do box.

Uma sombra. Um toco cambaleante que parece um monstro saído de um conto de fadas. Um duende ou um ogro.

Sem querer, Henry se inclina ainda mais perto do vidro para confirmar que está errado. Ou, se houver algo ali, para proteger Lily.

Uma mão bate no vidro do lado de dentro.

O impacto é duro e carnudo. A mão não recua, permanecendo colada ao vidro como que para deixar Henry examiná-la. Rachaduras inconfundíveis cruzam a palma pegajosa. As pontas dos dedos sujas de tinta barata de livro em brochura.

A mão de William.

O robô se levanta do chão do chuveiro. Fica mais alto sobre pernas que jamais teve em vida, o crescimento constante de uma erva daninha em fotografias sequenciais. A única feição do seu rosto que Henry consegue ver são os ladrilhos brancos dos seus dentes, as linhas se desfazendo frouxamente em sua boca.

Ele para de crescer quando fica da mesma altura de Henry.

A mão de borracha fica tensa, as unhas compridas pressionadas com firmeza o vidro. Elas deslizam pela superfície, e um rangido abafado atravessa a barreira. À primeira mão, junta-se a segunda, também cravada no vidro. Levantando-se e arranhando. Escavando através da parede.

Henry se afasta do chuveiro. Sua respiração vem em uma série de golfadas, como um peixe em terra – *oh! oh! oh!* – que o assusta quase tanto quanto a criatura no chuveiro. Ele é cuidadoso com seus passos, ciente do piso molhado, do perigo de escorregar e cair e de aquela coisa achar um modo de sair do box enquanto ele está caído.

Ele continua andando dessa maneira até chegar no corredor.

— Ligar ventilador — diz. — Fechar porta do banheiro.

O computador da casa obedece aos dois comandos.

Ele gostaria de seguir para o quarto principal e começar a fingir que o que acabou de acontecer não aconteceu, mas o rosto de Lily aparece em sua mente. Precisa ter certeza.

— Abrir porta do banheiro.

O ventilador sugou pelo menos metade do vapor do cômodo. Isso deixa o box claramente visível, vazio. Ele fica aliviado de não precisar entrar de novo para confirmar.

Mas há algo que consegue ver agora que não conseguia antes.

Um rastro molhado espalhado pelo chão, de talvez alguns metros de largura. Do tamanho de um corpo. Começando na porta do box e fazendo uma curva em direção ao corredor antes de desaparecer.

28.

Henry tenta decifrar o rastro como faria com uma falha técnica inesperada em um modelo de software.

De onde veio isso?

Não existe ninguém mais agarrado à realidade do que um engenheiro da computação. No entanto, precisa admitir que essa é a pergunta que se viu fazendo com mais frequência no trabalho, quando um fantasma no código bagunçava tudo.

Seu relógio marca 15:56. Não há tempo para pensar nisso mais do que já pensou. Lily estará pronta para desligar a energia dentro de alguns minutos.

— Fechar porta do banheiro.

Conforme ela se fecha, Henry desvia o olhar da fresta que vai diminuindo, só por precaução, caso vislumbre a coisa no chuveiro se levantando de novo.

×××

O quarto principal. Henry se obriga a continuar pensando sobre o cômodo nesses termos, apesar de ser o quarto de Lily agora.

Ele abre as portas corrediças do closet e encontra um sortimento de saias e blusas da esposa lavadas a seco, organizadas cuidadosamente em cabides, e, suspirando suavemente no canto, está o computador central de noventa centímetros de altura que rege o funcionamento da casa.

Ele olha o relógio: 15:57.

É tempo demais para ficar agachado desse jeito, esperando a hora virar, seus joelhos já irritados por manter uma pose de receptor de beisebol.

Ele se levanta e vai até a escrivaninha, onde fica aliviado ao descobrir que os porta-retratos com fotos suas e de Lily não foram escondidos. Isso traz apenas um alívio momentâneo, uma vez que vem acompanhado pela já familiar constatação de que todas as fotos são de Henry e Lily separados, nunca juntos. Cada um deles um retrato solitário.

Henry coloca uma mão na lateral de sua foto favorita de Lily (flagrada em uma rara risada) e a outra em uma foto sua (com a expressão austera de quem não entendeu muito bem a piada). Ele desliza os dois porta-retratos até que as molduras esmaltadas se toquem. É o mais próximo que consegue chegar de se tornarem um casal.

Mas ainda não estão na mesma foto. Ainda não se tocam. É bobagem como essas coisas o magoam – quantas vezes o magoaram –, mas ele aprendeu que existem limites para quanto a razão consegue protegê-lo da dor.

Ele volta para o closet e se inclina diante do computador central. Pousa o punho sobre a coxa. Posiciona o interruptor vermelho de energia no topo do computador entre os dedos e observa o ponteiro dos segundos.

— Três... dois...

×××

— ...um.

Lily move o interruptor de energia do painel de controle. O depósito fica no escuro. Ela sente o mesmo acontecer pela casa inteira, a escuridão avançando pelos corredores até chegar no teto.

×××

Henry desliga o interruptor vermelho do computador central. Seu zunido silencia. Isso o faz pensar em um animal sufocado durante o sono.

Ele começa a contar até dez:

— Um, dois, três...

×××

— ...quatro, cinco...

Enquanto conta, Lily ouve algo além de sua voz. Um peso se arrastando pelo piso do corredor principal. Aproximando-se.

Torna-se mais perceptível a cada segundo. O farfalhar de roupas passando sobre o assoalho envernizado. O barulho de unhas cravando na madeira.

— ...seis, sete, oito...

O peso de um corpo. As unhas presas a uma mão falsa. O arrastamento necessário porque o corpo não tem pernas.

— Quem está aí? — pergunta, mas ela já sabe a resposta.

O farfalhar está muito perto agora, a centímetros dos seus pés. Ela quase consegue sentir o toque dos dedos de borracha e isso lhe dá calafrios.

— ...dois, um.

Lily liga o interruptor principal. As luzes voltam à vida.

Ela se vira rapidamente.

29.

Henry volta a ligar o computador central. A máquina recomeça seu longo suspiro, e ele não consegue deixar de ouvi-la como uma coisa viva – desta vez, um paciente cirúrgico saindo de uma anestesia.

Ele se dirige à porta do quarto principal. Algo o faz parar, algo que parece errado. Leva um segundo para perceber que são as fotos na escrivaninha.

As fotos que havia juntado agora estão separadas. Não foi ele quem fez isso. Na realidade, estão ainda mais distantes do que estavam no começo, na beirada da cômoda, oscilando, quase caindo.

Estende rápido uma das mãos e pega o retrato de Lily antes que caia, mas sua foto despenca, espatifando-se no chão.

Ele se ajoelha. Pega os pedaços maiores de vidro e os joga na lixeira de vime. Pergunta-se como aquilo poderia ter acontecido, mas, sem ter resposta, concentra-se em achar cada um dos estilhaços, dos maiores aos menores. Lily costuma andar descalça pela casa. E, ao não pegar os pedacinhos, eles podem ficar ali por meses, esperando uma vítima. O suficiente para que um bebê cresça e comece a engatinhar. Ele imagina uma mão ou um joelho rechonchudo entrando em contato com um pedaço de vidro e se agacha ainda mais, vasculhando.

Henry sente manchas úmidas no carpete. Ele se inclina para cheirá-las, mas não têm odor.

O cão-robô entra no quarto pulando. Não está mais pingando água do focinho, mas o pelo irregular continua escurecido pela umidade.

— Você — diz Henry. — O que foi que derramou?

O rabo do cachorro gira cada vez mais rápido, como se estivesse tentando decolar. Quer mostrar alguma coisa para Henry. Se ele apenas se inclinasse, veria. O cão choraminga, suplicante. Quer desesperadamente mostrar a ele o corpo debaixo da cama.

Os olhos de Paige espiam das sombras, brancos e vítreos como um par de ovos cobertos de verniz. Suas feições estão fixas em uma expressão de espanto, sua pele vermelha, descamando devido às queimaduras, embora ela não as sinta.

O cachorro solta um ganido mais agudo, insistindo para que Henry olhe embaixo da cama, mas ele não olha.

— Vamos. Sai — fala Henry.

O cão permanece onde está, o rabo erguido como um dedo pedindo esclarecimento.

— Vai!

O cachorro baixa o rabo e sai, deixando Henry sozinho no quarto, embora ele não se sinta assim.

30.

Lily anda em pequenos círculos no hall de entrada. Quando ligou a energia, olhou rapidamente para trás e não encontrou nada. No entanto, algo estivera lá. Um rastro oleoso do seu cheiro. Um peso no ar, uma invasão que o contaminou, tornando difícil respirar, como dirigir por um matadouro com as janelas abertas.

Ouve Henry descendo a escada, mas não se permite olhar para ele. A última coisa de que precisa é que veja como está abalada, embora não consiga entender por que esconder isso é tão importante para ela.

— O que aconteceu? — Ele para no último degrau. — Lily? Você parece…

— Você ouviu alguma coisa? Quando estava lá em cima?

Ele pensa em contar a ela sobre as fotos, mas decide não falar nada. Lily tem ainda menos paciência do que ele para coisas místicas, então a ideia de que uma mão invisível tenha empurrado os retratos do alto da escrivaninha só a irritaria.

— Não — responde ele. — Por quê?

— Pensei ter ouvido algo.

— O que você ouviu?

— Pensei... — Ela recua, zombando de si mesma. — Nada. Não foi nada.

Lily começa a digitar no teclado embutido na parede ao lado da porta da frente. Ele vê que os ombros dela estão tremendo.

— Funcionou?

Ela continua digitando, como se não o tivesse ouvido.

— Lily? Fun...?

— Não. — Ela se vira para encarar o marido. — Não funcionou.

Henry desce até o andar principal. Põe as mãos nos ombros dela, na esperança de que esse contato os acalme. Em vez disso, os músculos se contraem e saltam ainda mais com o toque dele.

— Nós vamos resolver isso — diz ele, recolhendo as mãos.

— Porque somos mais inteligentes do que todos os outros?

— Sim. Bem, *você* é, pelo menos.

Lily se vira e olha nos olhos dele por um breve instante antes de se concentrar em um ponto abaixo, como se estivesse mantendo uma comunicação silenciosa com o queixo do marido. Ela esboça um meio-sorriso. É pouco mais do que um reflexo de educação, o mínimo que pode fazer. No entanto, ele se permite vê-lo como um primeiro passo em direção a uma reconciliação mais plena, como se ela tivesse se erguido na ponta dos pés para lhe dar um beijo.

— Por que você fez isso? — pergunta ela.

Ele fica sem palavras. Como ela sabe? Não importa. Ela sabe o que ele fez, e está tudo acabado. Sua vida, sua liberdade. Muito pior do que isso, seu casamento. Ele está acabado e, mesmo quando desiste de tentar inventar uma mentira, não consegue traduzir nenhuma parte da verdade em palavras mais simples.

— Por que construiu William? — indaga ela.

Ele faz o possível para esconder o alívio em sua expressão. O melhor a fazer é não esperar, não a deixar enquadrá-lo com o seu olhar avaliador. Responder à pergunta.

Deus sabe que ele fez essa pergunta a si mesmo muitas vezes, junto às outras que se seguiam. Por que arriscar sua felicidade por um brinquedo malfeito? Por que construí-lo sozinho? Lily conhece a sensação de se deixar consumir pelo trabalho, então ele não precisa salientar a emoção de ver uma ideia se transformar em realidade, de ultrapassar as próprias expectativas. Mas por que começar quando tinha tudo o que queria? Lily, a casa, o bebê a caminho. A verdade é que ele sabe a resposta, e não teria como compartilhá-la sem ferir os sentimentos de Lily. Mas o fato é que ele se sentia sozinho.

— Não sei ao certo — responde.

— É estranho como um dia você não está construindo um robô, no dia seguinte tem uma lista de coisas que quer que eu encomende para você construir um robô, e depois disso a única coisa que faz em cada momento livre é construir o robô.

— Eu me arrependo disso.

— Não se arrepende, não.

— Ele não valia o que me custou.

— William pode não ter saído do jeito que imaginou, mas isso não faz dele uma conquista menos impressionante.

Ela diz isso com sinceridade. Lily consegue perdoar praticamente qualquer sacrifício feito em nome de um experimento bem-sucedido. Seus projetos empresariais são uma prova disso. Ela dá tudo de si para criar algo, o pessoal do dinheiro aparece e o compra, e então ela cai fora. E fica confortável com isso. Lily disse a Henry inúmeras vezes que não está interessada em administrar as coisas, apenas em começá-las. O que essas coisas se tornarão – se serão capazes de resolver problemas ou se criarão novos, não lhe desperta quase nenhum interesse. Diz que isso é uma evidência do seu espírito empreendedor. Henry o reconhece como uma maneira mais cômoda de descrever pura ambição.

— Já falei da minha professora de Matemática do ensino médio antes, certo? — pergunta ele.

— A sua primeira orientadora.

— É engraçado, mas durante todo o tempo em que estive trabalhando no William, ela estava me observando. Eu senti sua presença lá. A dos meus pais também, às vezes. Todos eles estão mortos agora, mas estavam no laboratório comigo, me incentivando.

— Sei o que quer dizer — diz ela. — Você queria deixá-los orgulhosos.

— E funcionou por algum tempo. Mas depois que William... depois que ele se tornou o que era, não os senti mais comigo.

Ela dá um passo para trás para interpretar melhor o rosto dele. É o movimento típico de Lily, e nunca deixa de surpreendê-lo: a abrupta transformação de uma conversa em uma avaliação.

— Por que não? — indaga ela.

— Acho que perceberam antes de mim.

— O problema.

— É. Viram que tinha um problema com William.

— Não foi culpa sua.

— Tentei dizer a mesma coisa para mim mesmo. Não tenho certeza se algum dia vou me convencer disso.

— Como você poderia saber? — Ela cruza os braços. — Você criou um programa. O programa sofreu uma mutação inesperada. Isso acontece muito com IA.

— Você está falando de preconceitos ocultos que passam escondidos para o software. Preconceitos que são deixados para trás como impressões digitais.

— Claro. Não que eu culpe os programadores por isso. É quase impossível manter o processo de programação perfeitamente esterilizado.

— Mas esse é o problema. Não estou falando do programa do William.

Lily para por um segundo, e ele a sente o contemplando com um novo nível de seriedade.

— Do que está falando, então?

— Quando você cria uma vida nova... um robô, um programa, um bebê... não está apenas criando um novo ser, está construindo um *espaço*. Uma ausência dentro da presença. Algo como construir um navio e lançá-lo ao mar sem nada armazenado no porão.

— Então William colocou algo podre dentro de si mesmo? É isso que está dizendo?

— Acho que alguma coisa apareceu e decidiu ocupar o espaço dentro dele.

Lily aquiesce, compreendendo, depois desiste e dá de ombros.

Henry balança a cabeça, uma oferta para encerrar o assunto ali. Foi mais longe do que pretendia, seus pensamentos não estavam completamente formados – mal pensara nisso antes daquele momento – e nunca é prudente discutir ideias complexas com Lily antes de desenvolvê-las. Mas ela arregala os olhos, convidando-o a continuar.

— Eu errei em supor que dar a William inteligência, corpo e mente definiriam os limites do que ele é — afirma Henry. — Ele era único. E, em sua singularidade, mandou um sinal para outras influências, outras presenças. Por que não? Ele era interessante para mim. Talvez fosse interessante para elas também.

— Então tinha um parasita digital ligado a ele? Algo que veio nas peças que encomendei para você? Está dizendo que ele foi hackeado?

— Não nesse sentido que está pensando.

— Em que sentido, então?

Ele passa a mão no rosto para decidir se diz o que passa pela sua cabeça ou se guarda para si mesmo. Acaba nem precisando tomar essa decisão pois, quando vê, já está dizendo:

— Talvez eu tenha sido preguiçoso na programação dos parâmetros éticos. Talvez tenha dado muita independência para ele, e ele tenha optado pelo caminho errado. Mas tinha algo ruim nele… *passou a ter* algo ruim nele, que não era exatamente eu e também não era exatamente ele. Alguma coisa encontrou nele uma oportunidade.

— Isso soa quase como…

Agora é a vez de Lily balançar a cabeça para não dar sequência ao pensamento.

Henry está prestes a perguntar sobre o assunto, ver se ela está deixando essa possibilidade fluir na mesma direção que ele seguiu, quando é interrompido pela música. Linhas abafadas de um baixo, seguidas por poderosos acordes de guitarra. Vindos do andar de cima.

Lily imediatamente começa a subir a escada seguindo o som.

— Não acho que você deveria…

Mas ela não está mais prestando atenção.

31.

Henry não pode detê-la à força. E não pode ordenar que fique com ele. Afinal, é Lily. Mesmo que tenha traído seus votos e, presa nesta casa com o marido, esteja ainda mais preocupada em encontrar o amante do que em corrigir as coisas, Henry acredita que não tem o direito de dizer a ela o que fazer.

Então faz o que é aceitável, dando-lhe alguns segundos de vantagem antes de segui-la escada acima.

Lily está andando mais rápido do que supôs que fosse capaz. Quando ele chega ao topo da escada, ela já está dando o primeiro passo em direção ao laboratório do sótão.

A música está mais alta ali em cima, o baixo atravessando as paredes como um animal. Henry não é fã de rock pesado – ele não diria que é especialista em música de qualquer gênero –, mas conhece a canção. "Back in Black", do AC/DC.

Lily está subindo para o laboratório, de onde está vindo a música. Onde está o corpo de William. A ideia de ela ficar na mesma sala que aquele cadáver coberto de sangue amarelo-mostarda o deixa mais preocupado do que conseguiria explicar. Ela não deveria ir para lá sozinha.

Um rangido. Seguido de uma repetição de rangidos vindos de trás dele.

Henry se vira.

O pequeno mágico, que não estava lá quando ele passou pelo topo da escada um segundo antes, mas que agora pedala ao redor do mesmo ponto em um círculo delirante. Henry não sabia que ele podia fazer isso. Não sabia que podia se mover tão rápido.

— O que você está fazendo? — pergunta, mais para si mesmo do que para o brinquedo.

O pequeno mágico pedala em círculos cada vez mais fechados sem reduzir a velocidade, como um cão caçando o próprio rabo. Os círculos estão chegando mais perto da borda da escada, de modo que ele vai cair se não parar. Henry pensa em se agachar e pará-lo, mas não quer tocar naquela coisa, sua criação agora transformada em algo bizarro e pernicioso.

A roda dianteira da bicicleta passa da borda do degrau. O chapéu do mágico tomba para a frente. Então ele desaparece de vista, em um tinido estrondoso que ressoa a cada degrau como um pandeiro esmurrado por uma luva de boxe.

Não faz sentido assistir à queda, mas parece que é isso que ele quer de Henry.

Ele sente aquele formigamento na nuca, o alerta inicial e inconsciente de que se está prestes a cair em uma armadilha. Isso não o detém. Ele dá um passo em direção à borda da escada para ver o tombo do mágico.

×××

A porta do laboratório foi deixada aberta. Lily a empurra e, assim que dá um passo para dentro, a música para.

Ela o olha por cima do ombro na expectativa de encontrar Henry atrás dela, mas ele não está. Ele a estava seguindo escada acima apenas segundos antes – ela o ouviu subindo, embora se recusasse a se virar por medo de que interpretasse isso como um sinal de que precisava dele –, e agora se vê desejando que estivesse ali.

Ouve-se um clique vindo de alguma parte do laboratório, seguido de uma onda de estática.

Precisa ser corajosa por Davis.

Precisa encontrar Davis.

Lily fica repetindo esses pensamentos, lembrando a si mesma de manter as pernas em movimento enquanto passa por mesas muito próximas umas das outras, pisando nos espaços vazios entre sinuosos cabos de energia. Toma o cuidado extra de não permitir que nenhuma parte do seu corpo toque braços ou pernas desmontados ou pedaços cortados de pele plástica empilhados nas beiradas das mesas. Também faz questão de não deixar os olhos pousarem sobre o robô destruído no chão.

O rádio de William. Ainda está na mesa, exatamente na mesma posição em que o robô o deixou. Essa é a fonte da estática e, supõe ela, da música de momentos atrás, brilhando com seu mostrador circular verde-piscina.

Lily o pega, inspecionando-o em busca de cordas ou algum outro truque. Não gosta de tocar a mesma superfície que o robô tocou pouco tempo antes, imaginando um vestígio do óleo úmido que sua pele artificial deixou para trás.

Assim que vai pousá-lo na mesa, o ponteiro do mostrador se mexe.

Lily deixa o rádio cair.

Mas ele não desliga. Ela observa o ponteiro continuar deslizando sobre os números na parte de baixo do mostrador verde, não para uma estação específica, mas em uma rotação suave e contínua por toda a faixa de frequências, dando voltas e voltas.

Enquanto se move, a estática é interrompida por solavancos de música e vozes – declarações isoladas de locutores de notícias, comerciais, análises esportivas.

Grande. Você. Cidade.

Um vendedor de carros usados, uma criança animada, uma mulher imitando Marilyn Monroe. Humores. Fragmentos. Tolices se esforçando por fazer sentido.

O ponteiro continua deslizando em círculos, mas o volume do rádio diminui. As pilhas estão acabando. Lily aproxima o alto-falante do rádio para ouvir. O objeto a enoja tanto como quando o tocou pela primeira vez, mas ela intui a necessidade de entender as palavras aleatórias.

O volume quase some. Ela se aproxima mais do rádio. No instante em que toca sua pele, as palavras formam uma frase.

A fonte de vozes continua mudando – uma criança pequena com a língua presa, um pregador aos berros, um sussurro no leito de morte –, mas todas são selecionadas por uma única mente.

Tão. Escuro. Aqui.

Lily desliga o rádio. Desta vez, jogando-o para longe. Um verdadeiro arremesso, com toda a força do braço, que faz a carcaça do objeto passar sobre a mesa e deslizar pelo chão até bater na parede mais distante do laboratório. Daquela distância, parece algo que esteve vivo, mas não está mais. Um rato de esgoto envenenado.

O olho do rato pisca e abre. Tem um brilho verde.

— Merda — diz Lily, recuando.

O rádio encontra um novo conjunto de palavras e o anuncia no volume máximo. Desta vez, não foram retiradas do fluxo de cantores ou leitores de notícias aleatórios, mas faladas com a voz de William.

Vou. Te. Mostrar.

32.

A bicicleta bate no piso de mármore do hall, e o impacto lança o mágico para longe.

Henry observa o pequeno ciclista voar para fora do assento, os braços acenando para ele em uma série de olás e adeuses. Ele gira de costas, os joelhos rigidamente dobrados, antes de parar a um braço de distância da porta da frente.

Era isso que o brinquedo-robô queria que ele visse? Seu suicídio? Por que tem tanta certeza de que o mágico pretendia lhe mostrar alguma coisa?

Henry fica perturbado de um modo que não estava momentos antes. Também está mais curioso. Esgueira-se até a metade da escada.

O cão-robô entra em cena, batendo as unhas no piso do hall do andar principal. Está abanando o rabo e pulando sobre as patas dianteiras de uma forma que Henry nunca o viu fazer antes, como se estivesse brincando com algum amigo invisível. Poderia supor tratar-se de uma falha se não fosse pelos olhos do cachorro. A única parte do robô que não se mexe. Mais que isso. Estão fixos em alguma coisa no corredor do andar principal.

Henry desce mais um degrau. Outro. Desce o bastante para poder se inclinar sobre o corrimão e olhar para o corredor à direita e ver o que o cachorro está observando.

Um corpo aparece cambaleando.

Está envolto em uma lona plástica transparente, com as dobras internas manchadas de sangue. Um homem. Está com os braços estendidos à frente, tateando o caminho, o plástico se enrugando e estalando. A cada passo, seus joelhos ameaçam dobrar – mas ele não cai.

Henry se esforça para encaixar os pedaços de realidade diante dele. É o sangue que dificulta as coisas, saindo do peito de Davis e escorrendo até os pés, uma poça que salta contra a parte de dentro do plástico a cada passo.

Incrédulo, ele observa o avanço do sujeito, em parte porque viu o que foi feito com o homem – o que *ele* próprio fez com o homem – no vídeo de segurança. Mas também porque os movimentos de Davis, o fato de estar de pé e jogar os pés para a frente de dentro de um saco grosso que acabou de ser marcado e borrado de sangue, parecem desafiar tanto a física como a lei da morte.

O cão-robô se movimenta em círculos ao redor de Davis como se ele fosse um brinquedo novo. A língua para fora em uma extensão obscena, encontrando pontos de sangue do lado de dentro do plástico e tentando lambê-los. Cada vez que não consegue contato com o fluido quente, o cachorro gane de ânsia.

Isso deixa Henry perplexo. Conforme recua, atônito e enojado, percebe, em um nível mais silencioso, a impossibilidade daquilo que o cão está fazendo.

Seu software não inclui sensor de cheiro ou sabor. Não sente necessidade, a não ser da bateria que precisa ser recarregada, e isso é algo de que não tem conhecimento. No entanto, ali está ele, farejando e lambendo, com um apetite ávido que ganhou vida.

Davis está se dirigindo para a porta. É difícil imaginar que enxergue alguma coisa através das distorções da lona, mas parece empenhado em chegar lá. Henry se pergunta se deveria deixar, se terá que detê-lo caso comece a golpear a porta ou a exigir que o deixem sair.

Mas, então, Davis vira para a sala de estar, um acidente de desequilíbrio que pareceu uma mudança abrupta de ideia. Em segundos, sai do campo de visão de Henry.

O cachorro começa a segui-lo.

— Fica — ordena Henry.

O cão se senta.

Henry termina de descer a escada correndo, vasculhando as primeiras perguntas que lhe ocorrem. Como Davis ainda está vivo? Como chegou ali embaixo? Quem fez isso com ele? Henry não sabe o que é preciso para matar um homem, então não deveria ficar chocado ao descobrir que uma tesoura cravada no peito não é o suficiente, pelo menos se não for cravada do jeito certo. Talvez Davis tenha descido por conta própria, talvez tenha sido carregado. Deve ter acontecido quando Henry estava desmaiado. Será que foi ele que fez isso? Tudo? Sozinho?

Esses pensamentos ficam tamborilando em sua mente antes que uma nova série de perguntas reverbere dentro da sua cabeça.

Salvar este homem? Escondê-lo? Acabar de vez com ele?

— Deixe-me ajudá-lo — diz Henry.

Ele chega no hall, de modo que está perto o bastante para falar em uma altura que espera não ecoar dois andares acima para ser detectado por Lily. Calculado, equilibrado, gentil. Entretanto, quando Davis ouve Henry, ele se encolhe, aterrorizado, sem se virar para confirmar quem está lá, quase caindo para trás.

— Tudo bem. Sinto muito pelo que aconteceu. Mas posso ajudá-lo agora.

Davis permanece imóvel. Talvez esteja decidindo se Henry está sendo sincero ou esteja tentando encontrar um meio de dar um contragolpe quando Henry o atacar de novo.

— Não vou machucar você.

Isso resolve o impasse. A garantia de que Henry não vai machucá-lo é entendida pelo homem como o contrário, e ele volta a pular e se deslocar para a frente dentro da lona, entrando na sala de estar.

Henry está se movimentando. É mais difícil testemunhar o pavor do homem do que seus ferimentos, e a ideia de que Henry seja a causa de ambos ameaça fazê-lo esvaziar o estômago no chão.

Acabou, e é bom que tenha acabado. Pensou que havia matado aquele homem. Mas ali está ele, ainda vivo. Será que Lily vai perdoá-lo? Provavelmente, não. Mas há espaço para uma explicação honesta e, enquanto isso existir, existe espaço para a compreensão. O alívio de não ter mais de esconder a verdade acalma seu estômago como o primeiro gole de vinho em um encontro com estranhos.

— Eu prometo. Não vou…

Antes que Henry consiga alcançar Davis, as pesadas portas da sala de estar saem dos nichos embutidos na parede e se fecham.

Henry fica sozinho no corredor. Está prestes a bater na madeira, mas volta a pensar em Lily, em esconder isso dela, só por precaução. Não grita o nome de Davis nem bate à porta. Não faz nada além de examinar o piso do corredor, verificando se parte do sangue escapou.

33.

Lily desce do sótão se perguntando se, caso colocasse fogo na casa, os bombeiros conseguiriam entrar e salvá-la antes de morrer queimada? Um plano radical. É assim que Davis chamava suas iniciativas mais ousadas. "Lily sempre tem um plano radical", dizia depois que ela explicava a duplicação em um experimento ou uma brincadeira com reguladores. Havia admiração no comentário, mas também cautela, o lembrete insinuado de que nem toda aposta compensa.

Quanto à ideia do incêndio, de qualquer forma seria inviável. Para começar, ela morre de medo de se queimar. A inalação de fumaça por si só seria um risco enorme para o bebê. E depois existe a questão de os bombeiros conseguirem passar pelo vidro de alta resistência e pelas persianas metálicas da casa com machados e cabos de pá. Imagina que não.

Tudo tinha que ser o melhor para Lily, especialmente o seu equipamento, a sua tecnologia, os seus laboratórios. As portas de segurança e as persianas da casa. É preciso estar cercado de coisas boas para fazer coisas boas acontecerem, pensava. Não sabia ao certo de onde viera essa crença.

Jamais houve dúvidas quanto à sua ambição. Desde o ensino médio, esse sempre foi o "jeito" dela, visto como uma maneira socialmente aceitável de minimizar as suas conquistas. O tipo de homem que se interessa por ela sempre diz achar sua determinação atraente. Ela acredita nesses caras. E concorda.

Mas o tamanho e a abrangência de sua ambição e o seu enorme desejo por sucesso não tinham uma origem clara. Seus pais eram gentis e amorosos de um jeito tímido, típico de Minnesota. Ela gostava de dinheiro, mas não media seu próprio valor por ele. Reconhecimento profissional era bom, mas a fama lhe parecia um fardo desnecessário.

A verdadeira adrenalina vinha de desafiar e superar a si mesma. Começar com um plano não porque os acionistas exigiam, mas porque *ela* exigia. Os maiores projetos de Lily foram aqueles iniciados sem previsão do que poderiam se tornar.

Para Lily, isso era o que realmente significava brincar de ser Deus. Não tinha a ver com tomar decisões éticas difíceis, ou estabelecer regras absolutas, ou construir barreiras de proteção. Deus não fazia isso. Deus criava. Se o resultado fosse a beleza ou a descoberta – se o resultado fosse o caos –, não importava. Importava apenas que algo extraordinário tivesse nascido.

Foi por esse motivo que perguntou a Henry por que ele havia construído William. Ela se perguntava se ele sentia o mesmo.

Lily está andando pelo corredor do segundo andar quando ouve o estalo abafado da porta da sala de estar se fechando. Será que foi o computador da casa que fez isso? Será que foi Henry?

Outra porta se abre à direita conforme ela passa por ali. O quarto do bebê.

É como se a casa quisesse que ela entrasse ali. Isso quer dizer que deveria? O mais inteligente provavelmente seria resistir a convites tão óbvios. Mas ela já está presa. E a única saída é seguir cada abertura até o fim.

×××

Davis olha para trás e vislumbra a porta da sala de estar espremendo os últimos centímetros de espaço aberto. Então, com o som metálico de uma espingarda empurrando o cartucho para dentro da câmara, ela se fecha.

É bom que haja uma barreira entre Henry e ele. Foi Henry quem fez isso com ele. Feriu-o. Embrulhou-o em plástico como uma carne congelada. Pelo menos ele não está neste cômodo agora. Se estivesse, Davis não conseguiria pensar em uma solução em meio ao pavor. Mas o problema continua o mesmo de quando recobrou a consciência: como sair da casa?

Ele não tem muito tempo. Ainda está sangrando, o sangue quente gotejando sob a roupa. Ainda está em choque.

Examina a sala através das distorções da lona. Talvez haja lugares ali onde possa se esconder. Não, não, *não*. Ele não pode se esconder. Está ferido, precisa de atendimento médico, provavelmente está morrendo. Precisa *sair*.

Enquanto avança, tenta evocar a imagem do rosto de Lily como motivação, uma razão para encontrar uma saída daquela casa de horrores feita de painéis de mogno polido. Em vez disso, é sua mãe que lhe vem à mente. A mulher, falecida há muito tempo, que ele descartava como uma presença insignificante na sua vida

("Nunca fomos próximos") está em sua companhia agora, dizendo-lhe para continuar avançando, para continuar pensando, porque sempre foi um menino inteligente.

A janela. Ele estava indo em direção a ela desde que a porta se fechou, mas só agora percebe por quê.

Ela começou a abrir sozinha nos últimos segundos. A enorme vidraça pesada deslizando para cima, deixando uma brecha de bom tamanho na parte de baixo no caixilho de quase dois metros. Espaço suficiente para um homem passar.

Por que está abrindo agora? Ele não tem tempo para se perguntar coisas desse tipo. É uma oportunidade, a única que terá. Assim que escapar e acenar para um carro parar ou bater à porta de um vizinho e chegar a um pronto-socorro, poderá construir uma narrativa razoável.

A janela dá para o amplo jardim lateral. Caiu a noite. Através dos pinheiros que marcam o limite da propriedade, ele vê fantasmas e um monstro de Frankenstein inflados no gramado do vizinho.

Davis se joga pela abertura da janela, pensando que seu corpo cairá direto no chão e ele poderá se virar a partir dali. Meio que funciona. A lona fica presa no peitoril da janela, e ele para de repente, com a cabeça para fora e o resto do corpo ainda se debatendo do lado de dentro.

Mais alguns impulsos fortes com as pernas o tirariam dali, mas ele não tem mais forças. Usou toda a energia restante para chegar até ali. Sente a parte inferior do corpo se esforçando para ganhar tração e ouve a lona se dobrando em torno dos seus movimentos, como uma cobra se enrolando com mais firmeza ao seu redor, esperando pela exaustão da presa.

Davis inclina o pescoço. Olha para cima. A moldura da janela é de carvalho sólido, ampla como braços estendidos. A vidraça continua subindo, parando com um leve solavanco ao atingir o limite.

Há um som vindo do corredor, do outro lado da porta de correr. Será que Lily está ali? Paige?

— Por favor — tenta dizer, mas sai como uma bolha de cuspe com gosto de cobre que estala contra o plástico em seu rosto a cada respiração.

Ele se esforça por afastar o plástico da boca. Quando finalmente consegue, inspira tanto ar quanto pode, mas o ar dentro da lona está azedo, quente, e já passou várias vezes pelos seus pulmões febris, então ele tosse.

Esse barulho parece provocar outro. Um rangido estridente, depois um estrondo, claro e nítido como uma árvore parcialmente serrada no momento em que estala e cai. Como gelo estilhaçado.

Davis olha para cima de novo, a visão clareada por súbitas lágrimas, e vê a janela descendo.

Ele se sacode. Uma vez. E sente. O impacto, a espinha partida. A cabeça quase inteiramente separada do resto do corpo, sustentada apenas por uma faixa de pele. Ele sente tudo.

Sua mãe vem até ele outra vez. Não em sua mente, mas bem ali, de pé no jardim, o fantasma e o monstro de Frankenstein ondeando entre os galhos atrás dela.

Está tentando dizer alguma coisa. Uma declaração sobre sua posição em relação a ele. Ela está perto, ou se aproximando, ou longe demais, se afastando, e ele terá que procurá-la no lugar para onde está indo… Ele não sabe qual. Gostaria que ela dissesse como encontrá-la. Gostaria de ter uma fração a mais de tempo para se lembrar do nome dela, a fim de poder pronunciá-lo, senti-lo uma última vez na língua, mas ele…

34.

Lily se aproxima do berço como se fosse um leão adormecido.

Passos leves de dançarina, os braços estendidos ao lado do corpo, um pé encontrando cuidadosamente o centro dos trilhos do trem em formato oval no chão. Com seu próximo passo, chega ao outro lado, erguendo devagar o pé antes de seguir adiante, para se certificar de que não vai, por acidente, tocar no vagão-restaurante ou na locomotiva.

A girafa e o hipopótamo de pelúcia estão encostados nas barras do berço, mas a manta cobre algo volumoso no meio. Lily engole a bola amarga que sente subir pela garganta, estende o braço e puxa o cobertor.

Não fica claro de imediato o que ela está vendo. Os objetos em si são normais, familiares, mas sua disposição é perversa. A boneca e a babá eletrônica portátil enfiada sob a bainha do vestido dela.

Alguma coisa fez isso. É o que primeiro vem à cabeça de Lily. Um pensamento seguido de outro ainda mais perturbador. *E queria que eu encontrasse.*

Lily quer ir embora dali, mas não consegue se mexer.

O vestido da boneca brilha em tons de verde. A tela da babá eletrônica ganha vida.

Quer me mostrar algo.

Lily se inclina sobre o berço para puxar a babá eletrônica, tentando não tocar em nenhuma parte da boneca. O processo é estranhamente invasivo, cirúrgico.

Quando está com o objeto na mão, olha para a tela e vê a vista da câmera localizada no canto do teto do quarto do bebê. Lá está Lily. O vídeo está atrasado um quarto de segundo em relação aos movimentos que ela realiza e a representação deles no monitor.

Ela olha para a câmera. Assim que o faz, o aparelho se move, mudando o foco para o canto oposto do quarto. Um ponto atrás de Lily.

Lily se vira para acompanhar o foco da câmera. Não há nada lá.

As luzes diminuem, depois se apagam por completo, mergulhando o quarto na escuridão, a não ser pelo brilho do monitor. Ela volta a olhar para a tela. O recurso de visão noturna está ativado.

Ela pode ouvir a câmera se movendo, focalizando o canto mais distante do cômodo. Agora há algo ali. Ela quase engole a língua, contendo um grito.

William.

Pele rasgada, crânio afundado. Torto, apoiado em pernas que desenvolveu, ou costurou, ou criou com a imaginação. Seu terno largo e formal, manchado com o espesso sangue mostarda que escorre em um fio que se alonga a partir do canto da boca.

Lily aponta a babá eletrônica para o canto, usando o brilho da tela para iluminar o espaço. É apenas um canto vazio do quarto.

Ela olha de novo para a tela. William ainda está lá. Só que agora mais perto do berço. Mais perto dela.

Lily aponta a luz para o canto outra vez. Vazio. Fecha os olhos para não olhar para a tela, mas a escuridão é assustadora de uma maneira diferente. Então, os abre.

William está ao seu lado.

O trem de brinquedo começa a funcionar. Ela ouve o barulho dele circulando pelos trilhos às suas costas e joga a babá eletrônica no chão, a respiração apertada na garganta como se estivesse passando por um canudo.

Lily se afasta do berço. O trem está acelerando a rotação, aumentando cada vez mais a velocidade até a locomotiva saltar dos trilhos, os vagões tombando de lado com estrépito logo atrás.

Seu calcanhar se choca com o trem descarrilado e ela cai para trás, fazendo movimentos circulares com os braços, como se tentasse nadar para a superfície depois de algo invisível ter agarrado o seu pé.

Ela cai de costas, rola para o lado, a bochecha contra o chão, olhando diretamente para a babá eletrônica que jogou, agora a apenas centímetros do seu rosto.

A tela está desligada. Ela estende o braço para empurrá-la para longe, mas não é rápida o bastante. O monitor emite uma luz verde. William está ajoelhado sobre ela, estendendo a mão para afagar seu cabelo, pegá-la pelo pescoço, sua mão de dedos compridos estendendo-se para tocar sua barriga de grávida.

Usando as pernas, Lily desliza para trás, as unhas arranhando o chão nas laterais do seu corpo. Ela contém outro grito abafado e continua recuando até passar pela entrada do quarto do bebê e ir para o corredor. Sem se permitir olhar para dentro do quarto, ergue o braço, alcança a maçaneta e fecha a porta.

35.

Henry ouve dois estrondos, um após o outro.

Ele tem quase certeza de que um deles veio do corredor do segundo andar. O outro é da janela da sala de estar, do outro lado da porta fechada. Consegue distinguir pelo som do peitoril, algo se quebrando sob a ação da sua força, como um galho de árvore ou uma tábua de madeira ou ossos.

Isso o deixa imóvel no hall da frente, pensando não nos sons, mas no que significaria ser sincero com Lily.

Ele mente muito mal. Sempre teve essa opinião de si próprio, e Lily disse o mesmo muitas vezes. Mas agora acha que talvez seja mais preciso dizer que nunca havia tentado mentir antes. Nunca precisou. Então presumiu-se que era uma habilidade que não possuía. Contudo, não contou a Lily o que viu no vídeo de segurança, o que deve ter feito com o homem agora dentro da sala de estar. Omissões, talvez, mas bem-sucedidas. Ele não sabe por que fez aquilo. Não se lembra de ter feito. Mas talvez seja assim para a maior parte dos assassinos: um apagão de fúria que permite fazer coisas terríveis.

Não dá para ele ficar remoendo esses pensamentos. A culpa. O fato de sair ou não impune. A perspectiva de ser preso, julgado, encarcerado. É essencial que todas essas questões por ora sejam amarradas e trancadas em um cofre.

Ele precisa pensar em Lily.

E, pensando nela, precisa manter a farsa de que não faz ideia do que aconteceu com Davis ou onde o sujeito está agora. Ou Davis conseguiu sair e mandará ajuda dentro de minutos ou não saiu e são apenas Henry e Lily trancados dentro da casa. E Paige. Onde está Paige? De um jeito ou de outro, contar a verdade a Lily não mudará nada importante.

Ao mesmo tempo em que racionaliza a mentira, Henry tem consciência da verdade subjacente. Está fazendo tudo isso na esperança de encontrar um caminho de volta para ela. O homem envolto na lona vai desaparecer. O vídeo de segurança nunca será visto. Tudo o que está acontecendo será uma história estranha compartilhada apenas entre os dois. O primeiro passo para a reconciliação.

Ele não sabe ao certo como vai funcionar. Mas manter o foco em Lily, dando espaço para ela, é a única forma de seguir em frente. E dizer que matou o homem por quem ela nutria sentimentos não vai ajudar.

Agora que está de fato tentando, Henry reconhece que talvez não minta tão mal assim.

×××

Ele sobe para o segundo andar e avista a esposa de costas, caída no chão do lado de fora do quarto do bebê.

— Lily?

Ela não dá sinal de que ouviu, a não ser por uma respiração trêmula.

— O que aconteceu?

— Ele estava ali — responde ela.

— Quem?

— Você sabe muito bem quem.

Henry vai até ela. Quando se aproxima, ela desliza para trás e apoia as costas na parede oposta à porta do quarto do bebê.

— Você está machucada?

— Eu... — Ela põe a mão na barriga. Sente a parte de cima, a parte de baixo, procurando por movimento. Um batimento. Um chute. — Estou bem.

Os dois prestam atenção à casa. É o que tentam dizer a si mesmos, que a casa está fazendo essas coisas. Mas é apenas o choque falando. Porque não foi a casa que se tornou imprevisível, hostil, viva. É a presença se movendo por ela.

Henry se agacha ao lado da esposa e coloca o braço em volta de seus ombros. Fica surpreso que ela não se oponha. Não é necessariamente uma exibição de carinho, mas é assim que ele vê.

— Em que ele está pensando? — Ela olha para o marido. — O que ele quer?

— Você está falando do William.

— É.

— Mas ele...

— Me diga, Henry.

Ele nunca havia pensado nisso, pelo menos não nos termos que Lily colocou. Então oferece a melhor resposta que lhe vem à mente:

— Os pensamentos dele estão... errados.

— Um erro de programação.

— Não, outra coisa. Algo de fora.

— Certo, certo — diz Lily.

Então ela escolhe a próxima pergunta em meio a um turbilhão de opções:

— O que essa presença de fora quer?

— A mesma coisa que William. Fazer coisas. Para que possa sentir coisas.

— Isso inclui nos matar?

— É. Acho que poderia incluir.

— É esse o objetivo dele? — pergunta ela. — Nos ver mortos?

— Isso provavelmente é só um bônus.

— Então qual é o grande prêmio?

— Sair desta casa.

— Parece que temos isso em comum.

Lily surpreende Henry com uma risada, alta e sonora, do tipo que se ouve após a segunda taça de vinho. Henry a confunde com carinho, os dois unidos em um humor sombrio direcionado a um antagonista comum a ambos. Ele decide arriscar dividir com ela um pensamento que visa aproximá-los ainda mais:

— Tenho que admitir, é um enigma e tanto.

O humor de Lily desaparece no mesmo instante.

— O quê?

— William. Quero dizer, ele está morto… e, no entanto, não está.

Lily o encara como a um estranho no metrô que estivesse prestes a roubar sua bolsa.

— Mais cedo, quando estava falando sobre ausências dentro da presença, sobre alguma coisa ter entrado em William, achei que estivesse falando de um demônio — comenta ela. — Agora parece que está dizendo que é um fantasma. Ele não pode ser as duas coisas.

— Por que não?

— Porque a distinção entre as duas coisas é mais do que apenas diferentes versões de estar morto.

— E a inteligência artificial é mais do que uma versão diferente de estar vivo.

Ela pisca.

— Me ajude a entender isso.

— Não é só uma tecnologia inovadora. É uma vida criada por humanos que não é humana. A primeira.

— E daí?

— Então temos noções muito básicas sobre as implicações filosóficas e morais que ela traz. Mas o aspecto *espiritual*? Nem tivemos o trabalho de levantar a questão.

Ela pisca de novo e leva o dedo aos olhos para esfregar as pálpebras e impedir que pisquem mais.

— Como isso *ajuda* em alguma coisa, Henry?

— Não sei se ajuda. Mas sei que qualquer distinção entre fantasmas e demônios, qualquer uma dessas coisas... é provável que nada disso seja reproduzido da mesma forma em IA. Tudo será novo.

Lily está começando a entender o que ele quer dizer e não está gostando nada disso. Quando sua mente se abre para possibilidades desagradáveis, a empresária se defende reafirmando que são impossíveis. Um círculo contraditório. Não que Henry algum dia tenha ousado chamá-lo assim em voz alta.

— Então aquele seu manequim falante tem alma? — pergunta ela, aumentando o tom de voz, passando da impaciência para a raiva. — É nesse ponto que quer chegar? Aquela... coisa, aquele boneco desproporcional que serviria para assustar crianças no Halloween, está *assombrando* a gente?

— Consciência. Ideias. Desejos. Se ele tem todas essas coisas, e se os seres humanos conseguem manter uma presença deste lado depois da morte *por causa* dessas coisas, por que não ele?

Lily se levanta mais rápido do que ele imaginava que ela fosse capaz.

— Porque ele não é humano, Henry! — Ela está gritando agora, andando em direção à escada para o térreo. — Ele não é nada!

— Lily, espere! — pede Henry.

Ela não olha para ele. Mas para, pronta para avaliar o que ele está prestes a dizer.

— Tenho uma ideia.

36.

Henry faz uma busca entre peças sobressalentes, membros de borracha e cabos de energia espalhados sobre as mesas e o chão do laboratório. Da porta, Lily permanece de olho. Não em Henry, mas no tronco sem vida de William, ainda caído no chão, a boca escancarada e a gosma amarela de suas entranhas secando ao longo do pescoço como uma fonte horrível e mofada de jardim.

— O que está procurando?

— Uma coisa comprida — responde, sem olhar para ela. — Algo que possa ficar reto, mas também curvar um pouco para girar…

— Henry?

— Sim?

— Posso pedir para você fazer uma coisa para mim?

Ele se endireita e olha de volta para ela com os olhos semicerrados.

— Claro.

— Pode se certificar de que essa coisa está mesmo morta?

Em um gesto teatral, finge não saber do que ela está falando, mas depois olha para William e dá de ombros – "Se isso vai te deixar feliz" –, colocando-se sobre ele.

De onde está, Henry consegue ver dentro da garganta do robô. Não há nenhum tubo de carne que conduz a um estômago, nenhuma simulação de órgão de qualquer tipo. Lá dentro há um emaranhado de fios e peças metálicas, todos com uma crosta de fluido amarelo. Um amontoado de lixo. É difícil acreditar que foi capaz de se movimentar no começo do dia. O passatempo de Henry, improvisado com peças de terceira mão compradas de comerciantes on-line. Uma hora atrás, aquela coisa pensava, e lia, e machucava, e mentia.

Henry dá um chute no peito do robô, que tomba de lado, rolando para a frente e para trás por um momento, como se tentasse se endireitar. E então permanece imóvel.

Ele não verifica se Lily está satisfeita; apenas volta a vasculhar os itens sobre as mesas.

Henry ergue um rolo de cabo industrial e mostra para Lily.

— Um cabo de energia — diz ela.

— Um mastro.

xxx

Lily já está no patamar, do lado de fora do laboratório, esperando Henry se juntar a ela. Ele arrasta o cabo atrás de si e, assim que sai, ordena que a porta se feche.

— Em que estamos trabalhando aqui, Henry?

— É basicamente um sinal de SOS.

— Como assim?

— Nós prendemos uma camiseta no alto desta coisa e escrevemos uma mensagem nela.

— Tipo “Socorro”.

— É, "Socorro" daria certo.

— Ótimo. E como é que alguém vai ver?

— Nós subimos o cabo pela chaminé do quarto de hóspedes.

— É a gás.

— Gás. Madeira. Ainda tem um buraco no alto. Se conseguirmos colocar a bandeira para fora, alguém vai acabar vendo.

Henry tira o cadeado do bolso, passa pelo trinco e o fecha. Lily o observa.

— Por que a única trava analógica da casa inteira fica do lado de fora do seu laboratório? — pergunta ela. — Para eu não entrar?

— Talvez no começo.

— E se tornou um hábito.

— Não. Depois acho que fiz isso para mantê-lo lá dentro.

— Você acha que ele poderia ter escapado se você não colocasse o cadeado?

— Acho que pensei que William poderia encontrar um jeito.

— Ele está morto agora — diz ela. — Acabamos de comprovar. Por que ainda está trancando?

— Pelo mesmo motivo — responde Henry.

Lily estende a mão.

— Minha vez.

Henry dá a chave para ela.

— Agora vamos hastear nossa bandeira maluca — propõe a esposa.

37.

Henry está agachado diante da lareira do quarto de hóspedes onde tem dormido. Está com a mão dentro do duto, empurrando o cabo mais para cima.

Lily se inclina sobre o ombro dele.

— Está funcionando?

— É complicado. Acho que estou quase lá, mas...

— Mas o quê?

— É preciso balançá-lo lá no alto para encontrar a passagem e minha mão não consegue ir até o fundo.

Lily imediatamente se ajoelha ao lado dele.

— Deixe-me tentar — sugere. — Meu braço é menor.

Ele precisa tirar o braço e rolar de costas para poder olhar para ela e avaliar sua seriedade. Até aquele segundo, presumira que Lily não dava a mínima chance de sucesso para seu plano, mas mudou de ideia, a julgar pela expressão determinada de sua boca, a mesma que assume quando está prestes a resolver um cálculo difícil. Henry recua e lhe dá o cabo.

Ele se levanta e limpa a sujeira das mãos. Observa Lily estender o braço para dentro da chaminé. Estava certa. Ela consegue erguer o braço mais alto dentro do duto do que ele foi capaz de fazer.

— É — comenta Lily com um grunhido. — Entendo o que quis dizer. Essa merda é apertada.

Ela faz força, o cabo arranhando as laterais do duto ao longo da parede como um animal preso tentando cavar uma saída.

— Acho que consegui — diz ela.

tic

O mais leve dos sons. Lily não ouve – está concentrada demais, a cabeça enfiada no fundo da lareira –, mas Henry ouve.

— Lily?

— Estou quase lá.

vrrnnnnn

Agora ele vê. A luz azul de aviso no canto inferior da lareira acende.

— Lily!

O fogo se acendeu, uma linha de chamas dividindo o torso de Lily ao meio.

Ela grita.

Henry a agarra pelos quadris e a puxa para fora da lareira. Ele a vira de costas para poder tirar partículas fumegantes de seu suéter, certificando-se de que nenhum dos pontos de contato continue queimando, e verifica seu braço e seu rosto em busca de queimaduras.

— Você conseguiu sair — diz ele. — Você está bem.

— Droga, droga, droga, droga…

Ela se esforça para se levantar, afastando-se dele. Henry tenta encontrar o olhar dela, mas ela o evita. Os dois observam o fogo se apagar sozinho.

— Vamos encontrar outro jeito — consola ele.

Ele se ergue e oferece a mão para ela que, após um momento, aceita, deixando-o ajudá-la a se levantar. Quando está de pé, ela o solta.

— Você precisa saber — diz ela.

— Saber o quê?

— É mais complicado do que... — Ela balança a cabeça. — Sinto muito, Henry.

— Seja o que for, você não precisa me contar agora. Vamos ter tempo para tudo isso depois.

— Não tenho certeza se haverá um depois.

— Haverá. E poderemos compartilhar qualquer segredo que quisermos sabendo que escapamos disso. Juntos.

— Segredos. — Ela o fita com os olhos semicerrados. — *Você* tem um segredo?

— Eu só quis dizer...

— Talvez seja melhor se fizéssemos isso...

Henry ergue a mão, silenciando-a.

Os dois prestam atenção, vasculhando o silêncio da casa. O som chega até eles quando estão prestes a concluir que não havia nada ali.

— *Aqui embaixo...*

A voz de Davis.

Henry e Lily a escutam. Os dois sabem de onde está vindo.

38.

Lily corre para o corredor e se ajoelha ao lado do duto de aquecimento antes que Henry chegue à porta do quarto.

Ela aproxima o ouvido da saída de ar, uma grade com padrão de vinhas entrelaçadas em ferro forjado. Do outro lado, o duto desce, continuando à direita e se ramificando mais ao alto em alguns pontos para alimentar os outros aposentos. A casa parece respirar por esses caminhos como uma rede oculta de passagens brônquicas. Um suspiro pesado e estridente, seguido por uma inspiração aguda de ar, vindo dos cantos de cada cômodo.

Há algo terrível nisso. Lily gostaria de se afastar da grade, mas precisa prestar atenção, precisa ver se Davis está tentando encontrá-la. Também quer chegar a uma conclusão definitiva sobre se o que está ouvindo é imaginação sua ou evidência de outra coisa. Outra entidade que sempre esteve presente na casa esse tempo todo.

— *Por favor… eu…*

É tênue, mas ela tem certeza de estar ouvindo. Certeza de que é ele. A voz de Davis pouco mais que um sussurro, como se seus lábios estivessem tão encostados em outra grelha quanto seu ouvido naquela. Ele está mais abaixo, até onde o duto alcança. O porão.

Ela se levanta e começa a andar em direção à escada para o térreo.

Henry espera que ela diga para onde está indo, o que ouviu, mas é como se ele não estivesse ali. Como se fosse o fantasma.

— Lily, não.

Se ela o ouve, não dá indicação disso. Dá o primeiro passo escada abaixo, a mão firme no corrimão.

×××

Quando ouviu a voz dele, Lily não se permitiu especular sobre as condições em que Davis estaria para sussurrar pelos dutos. Também não pode se deixar distrair por essa questão agora, enquanto desce a escada às pressas, mas se deixa.

Henry e ele brigaram.

Ele caiu e se machucou.

Está pregando uma peça muito bem elaborada.

E então há as possibilidades sobre as quais não se permite refletir por um espaço de tempo maior do que leva para brotarem em sua mente.

William o machucou.

William o está usando como isca em uma armadilha.

No fim da escada, faz uma pausa e pensa em se agachar para, através da grade do andar principal, confirmar sua impressão sobre de onde está vindo a voz de Davis, mas não precisa.

— *Aqui embaixo*...

Ela praticamente sai correndo por toda a extensão do corredor que leva à cozinha. A porta para o porão.

×××

Ele nunca havia pensado nesses termos, mas agora Henry vê que a casa sempre manteve o passado dentro dela. As famílias de antes. Outros casamentos, outros problemas.

É a aparência do lugar, a essência vitoriana, os entalhes góticos na madeira do corrimão, os tetos altos de gesso e a recusa em derrubar qualquer das paredes originais em favor dos andares com espaços abertos aos quais até as casas mais antigas e mais imponentes da vizinhança sucumbiram. Lily e ele são engenheiros de software, amantes da tecnologia, futuristas. No entanto, decidiram morar em um museu.

De quem foi essa decisão? Ele não se lembra de conversar com Lily sobre isso. Talvez tenha sido o senso de contrariedade de ambos se encontrando no mesmo ponto, afastando-se dos colegas que preferiam vidro e cromo e bancadas de granito italiano. Talvez tenha sido um erro desde o começo ver o lugar como sendo deles.

Lily não deveria ficar sozinha. E, se os dois ouviram a voz de Davis, o que quer que esteja lá embaixo não é ele.

Ele chega na cozinha no exato momento em que Lily passa pela porta do porão.

— Espere, não!

A porta se fecha antes que ele a alcance e a segure pelo braço. Ele puxa a maçaneta, mas está trancada.

— Volte!

×××

Lily ignora o alerta de Henry. Ele está bem ali, do outro lado da porta, soando verdadeiramente preocupado com ela, o que a apavora de um modo que não consegue identificar com precisão, mas não dá para parar e conversar sobre o assunto, e ela não vai voltar. Continua descendo os degraus do porão em uma velocidade ponderada, evitando quedas, pisando de lado.

— Por favor! Volte!

Quanto mais ela desce, mais fácil se torna fingir que não ouve Henry. A madeira pesada abafa os gritos dele como um travesseiro posicionado sobre o rosto. Quando chega ao final da escada, nem sequer precisa fingir.

O porão não está terminado e ocupa toda a área da fundação da casa. Um piso aplanado em quadrados de dez por dez que vão dar em buracos de drenagem, formando um tabuleiro de xadrez de cimento. Uma mesa de trabalho comprida, encostada à parede oposta, uma fornalha posicionada à direita, mas há pouco mais que seja perceptível de imediato. Está escuro ali embaixo. A única iluminação vem do poste de luz da rua, que entra em tons de laranja através de três pequenas janelas na linha do teto, aparentemente as únicas que não são cobertas por persianas de segurança. Lily sabe que são feitas de vidro temperado de alto nível de segurança – outra de suas escolhas pelo “nada além do melhor” –, então nenhuma chance quanto a sair por ali.

É um espaço tão grande que Lily precisa entrar nas sombras mais profundas para enxergar os cantos do cômodo. Algumas latas de tinta com pingos escorrendo da tampa. Uma TV velha em um suporte com rodinhas, a tela cheia de bolhas. Um rolo de plástico transparente encostado na parede e cortado com a mesma dimensão de largura e comprimento.

— Davis?

Lily olha para a esquerda e percebe que a porta da lavanderia está entreaberta.

Ela para na soleira. Está escuro lá dentro, e ela não quer usar a voz para dar um comando verbal – não quer falar com a casa mais do que o necessário –, então estende a mão porta adentro e acende a luz.

O gerador de emergência ilumina a lâmpada com a lentidão do pavio de uma vela decidindo se aceita ou recusa a chama. Ela observa enquanto a luz revela o cômodo pouco a pouco. Uma máquina de lavar. Uma secadora com abertura frontal. Um tanque. Um cesto de lavanderia no chão.

Lily apaga a luz e volta para o porão. O único lugar onde Davis poderia estar é o único lugar que ela não olhou ainda. Atrás da fornalha.

Essa visão a enche de pavor. O modo como os tubos prateados se estendem como tentáculos pelas placas do teto, o sopro baixo da chama de gás espalhando seu hálito para cada cômodo como as expirações de um dragão adormecido.

Ela precisa saber. Precisa ver.

Para olhar atrás da fornalha, precisa pressionar o ombro contra a parede. Ela se inclina, encolhendo-se, focando a visão na faixa escura entre a caixa de metal e a pedra coberta de teias de aranha.

Lily se sobressalta. O telefone. Vibrando no bolso.

Uma ligação. Ela fica desorientada por um segundo: isso não deveria estar acontecendo, mas está. Pega o aparelho e verifica a tela.

Número desconhecido

— Alô?

Há alguém do outro lado da linha. Consegue sentir, como um par de polegares tocando sua garganta.

Quando ouve a voz do outro lado, o som aperta os polegares imaginários com força sobre sua traqueia. A voz do robô. De William.

— *O que é você?*

39.

Lily desliga o celular. Na tela, aparecem duas das quatro barras de sinal. Ela tenta fazer uma ligação.

9-1

As barras de sinal desaparecem. Ela tenta de novo, mas ouve o bipe do telefone que indica falha na ligação.

— Não!

Lily está prestes a jogar o celular na parede, mas se obriga a guardá-lo no bolso e volta a contemplar a fornalha. Não havia notado nada atrás dela quando tentou olhar. Mas será que chegou perto o suficiente para dizer com certeza que não há nada ali?

Ela encosta o ombro na parede de novo. Desta vez, aproxima tanto o rosto que seu nariz adentra nas sombras e, com um dos olhos, consegue enxergar do outro lado através da brecha. Nada além de dois minúsculos esqueletos no chão. Ratos, provavelmente. Espirais de poeira, longas e amarelas como tranças tosquiadas.

Há um som, porém.

Um chiado. Vindo do canto oposto do porão.

Lily se afasta da parede e segue o som até a tubulação de gás e o painel de LED. A válvula de plástico vermelha está apontando para LIGADO.

O cheiro de gás a envolve, deixando-a mole e enjoada. Ela se inclina para desligar a válvula, mas está travada devido à ferrugem ou a outro tipo de resistência. Um quarto de volta é o máximo que consegue girá-la. Assim que tira a mão, a válvula volta a abrir por completo.

Ela se fecha parcialmente de novo. Outra vez, a válvula se abre por conta própria.

— Desligar gás!

Suas palavras são seguidas por uma tossida. E por outra, forte e acentuada como um golpe na espinha. Isso a faz alternar entre a necessidade de vomitar e de se deitar.

— Desligar! Computador!

O chiado do gás é tudo o que consegue ouvir.

Ela sabe que é inútil gritar.

Mas grita mesmo assim.

40.

É o som mais horrível que ele já ouviu. A esposa, arrasada e apavorada. Isso o deixa arrasado e apavorado.

— Abrir — ordena, mas o computador da casa ignora seu comando. — Abrir porta!

Ele para quando sente o cheiro de gás, seguido pelo impacto de alguma coisa batendo na janela do porão pelo lado de dentro. Tentando sair.

×××

Lily gira e salta em direção à mesa de trabalho em um balé de consciência vacilante. Subir na mesa exige que o faça de lado para não pressionar a barriga na borda.

Não desmaie.

Sua própria voz a guia de um lugar distante, de uma parte da mente que ainda está funcionando, aquela que dá ordens e gerencia equipes, a parte que cria coisas antes de todos os demais.

Continue acordada e encontre uma saída.

Ao ouvir isso, pela primeira vez entende os olhares inexpressivos que seus funcionários davam ao receber tais ordens. *Ah, muito obrigado. Mas é mais fácil falar do que fazer.*

Uma vez sobre a superfície áspera da bancada, ela se vira e usa as unhas para se erguer até ficar de joelhos, inspirando pelo nariz na esperança de que funcione como um filtro contra o gás. Quando a tontura se transforma em um zumbido formigante e consistente, ela bate na janela com o punho.

Ele vibra, mas não chega nem perto de rachar. Existe algo mais que possa usar além da mão? Talvez haja uma boa resposta para isso, mas está fora do seu alcance, sua cabeça rodando devido ao esforço que fez com o punho.

Uma sonolência a invade. Ela vai morrer caso se permita deitar e fechar os olhos. Sabe disso, embora se sinta do mesmo modo que uma pessoa ao ler uma manchete catastrófica na capa de um jornal e virar a página. Isso a faz perceber que é tarde demais. Não pensou rápido o bastante e agora acabou.

Ela se estica sobre a bancada e coloca as mãos sobre o ventre, onde sente o bebê chutar como alerta.

×××

Henry se afasta da porta do porão, contorna a cozinha e vai para a entrada da casa. Experimenta a porta para o quintal, puxando inutilmente a maçaneta. Ainda trancada.

Contrai o rosto com a intensidade suplicante de uma oração.

— Por favor.

Um sussurro, dito não para algum deus, mas para a presença que sente o seguir pela casa, agarrada a ele, pesada e fria como uma camada de gelo.

A porta se abre devagar, revelando os contornos dos pinheiros que cercam o jardim, as chaminés e os telhados pontudos dos vizinhos, os guinchos e uivos distantes das primeiras crianças saindo para pedir gostosuras ou travessuras.

Henry fica aterrorizado com tudo aquilo. Os detalhes do mundo exterior. Muito pior, o espaço que ocupam. O ar, a noite, o céu. Isso faz seu coração se dilatar como uma bexiga presa sob a torneira.

Se eu for rápido, não vou cair. Esse é seu único pensamento ao sair correndo. Não que ele acredite nisso. É uma tentativa de enganar a si mesmo, mas nem sequer termina de pensar isso e já se sente sufocar, a pele queimando. Está morrendo.

Pinceladas de luz, lampejos elétricos tapando as estrelas. As janelas iluminadas com recortes de bruxas e gatos gritando, borrados em meio aos galhos das árvores.

Ele sabe que essa é a natureza por trás de uma fobia tão grave quanto a dele: estar tão seguro de uma coisa que ela *se torna* uma certeza. *O mundo me quer morto.* Ele vai desmaiar bem ali na grama áspera do seu jardim e sufocar, com a língua de fora, infectado pelo ar fresco.

Mas ele não pode deixar isso acontecer.

— Lily — diz.

Como um homem em um barco durante uma tempestade, caminha tateando a parede da casa, apoiado nela para manter o equilíbrio.

Um carro passa pela rua, em frente à propriedade, a trinta metros de distância. Ele se esforça para acenar, tentando chamar a atenção do motorista antes de perceber que não há ninguém dirigindo. O espaço atrás do volante está desocupado, como se um fantasma estivesse voltando para casa do trabalho.

Henry só para quando bate o joelho na conduta do gás. Tateando com dedos ávidos, ele se abaixa até encontrar a válvula e a desliga.

Continua deslizando sobre os tijolos até suas pernas encontrarem a torneira. Pega a mangueira e desliza a mão por toda a extensão até chegar ao esguicho. É feito de aço sólido, pesado, parece uma pistola.

Mais alguns passos e o calcanhar com que ele vem batendo ao longo da base da casa encontra a janela do porão. Henry cai de joelhos. O movimento provoca nele uma fraqueza nauseante e um formigamento nas extremidades, então ele se concentra apenas na mão direita, a que segura o esguicho, passa um dos pés por baixo da mangueira e golpeia o vidro com toda a força que consegue.

O vidro não quebra, embora pense ter ouvido um estalo quando afasta a mão – o som e o movimento desacelerados, como se fossem uma segunda realidade se estendendo para longe dele – e dá outra pancada.

Sua mão passa pela janela, seguida pelo braço até a altura do cotovelo. O gás do porão faz a parte de dentro do seu nariz arder com uma única respiração.

— Lily?

Ele a vê deitada na bancada sob a janela ao mesmo tempo em que chama o seu nome. Está prestes a tentar de novo quando ela entreabre os olhos.

Está viva, o que significa que ele ainda não pode morrer. Não pode.

São necessárias várias batidas menores para tirar os cacos da moldura. Então, Henry estende o braço para ela.

— Segure a minha mão — diz ele.

41.

Não dá para saber se ela o ouviu, mas, um instante depois, seu braço se ergue, o ombro girando em círculos minúsculos, como se fosse parte da rotina de alongamento de um idoso. Henry encosta a lateral do corpo no chão para poder colocar o braço inteiro para dentro.

Os dedos dele roçam os dela. Não é uma conexão firme o suficiente. Ele a solta, tenta alguns centímetros mais para baixo, encontra seu pulso. Então a puxa.

É necessário que se afaste da parede, usando primeiro os joelhos e depois os dedos dos pés para fazer pressão contra os tijolos. Lily se ergue da mesa. Ele sabe porque sente o peso adicional. Mas não vai soltá-la, não importa quanto pese ou quanto doa.

Não que importe. O problema não é o peso dela. É a janela. É um espaço pequeno demais para caber qualquer coisa maior do que o alto da cabeça da esposa.

— Lily?

Se ela responde, ele não ouve, o corpo dela pendendo como um saco do outro lado do peitoril.

— Não dá para você sair por aqui — afirma. — Vou descobrir um jeito de abrir a porta.

Ela mexe a cabeça no que poderia ser um aceno.

Henry baixa o braço dela até onde consegue chegar, depois a solta. Ele ouve o corpo dela tombar sobre a mesa. A exaustão o atinge de uma só vez, uma sensação mais parecida com a de ser esmagado do que com a de cansaço. Agora é ele quem não consegue respirar.

Poderia tentar correr até a casa de um vizinho, bater à porta, pedir que chamem os bombeiros, a polícia, uma ambulância, qualquer palavra que saia primeiro da sua boca, mas sabe que não conseguiria percorrer um quarto do caminho antes de cair. Mesmo enquanto abraça a parede, vê o ar pulsando a poucos metros de distância, inchado de toxinas. Ele respira com a intenção de gritar por ajuda, mas, ao formar o "so", seu coração para de bater e ele engole o grito.

A única coisa que o mantém de pé é Lily. Pensar em Lily. Saber que ela morrerá sem ele.

Quando chega à porta, cai de lado para dentro da casa. Puxa as pernas para dentro, imaginando que o ar está cheio de insetos, beliscando, e mordendo, e botando ovos sob a sua pele. Assim que termina de entrar, a porta se fecha e se tranca sozinha.

Com a mão na parede em busca de apoio, ele se arrasta até a cozinha, chegando à porta do porão.

Aproxima os lábios da madeira, a voz sumida devido ao medo.

— Lily?

Ela está lá embaixo. Pode ouvi-la subindo, degrau por degrau.

— Lily? — grita. — Você está bem?

— Estou… aqui.

— O gás…?

— Está desligado. Está se dissipando um pouco pela janela.

— Como você está…?

— E a porta?

Henry tenta mais uma vez.

— Ainda trancada.

— Merda.

— Você está bem?

— Parece que eu bebi uma garrafa da tequila mais barata do mundo, mas consigo respirar.

Os dois se encostam em lados opostos da porta. Dez centímetros os separam, mas, quando conversam, a sensação é de intimidade, como ligar para um amante que está do outro lado do país, em outro continente.

— Não posso acreditar. Você estava *lá fora* — diz ela através da madeira. — Como fez aquilo?

— Não sei. Só precisava encontrar você.

— Bem — diz ela. — Obrigada.

Ele fecha os olhos, absorvendo esse agradecimento como o calor do sol. É uma neurose. Agorafobia. Algo em sua cabeça. Dar um passo para fora de casa é, para ele, dez vezes mais assustador do que pular de um avião para qualquer outra pessoa. Henry sabe que é real. Contudo, parte dele se julga pela sua aflição e pelo fato de que não pode ser identificada por nenhuma tomografia, raio-x ou exame de sangue. Ouvir Lily dizer que sabe disso e entende ameniza a vergonha que ele sabe que não deveria sentir, mas sente mesmo assim.

— Lily?

— Oi.

— Preciso te perguntar uma coisa.

— Tudo bem.

— A gente foi feliz algum dia?

Ela se sente tonta e enjoada, e essa definitivamente não era a pergunta que estava esperando. Mas, ao mesmo tempo, parece importante.

— Eu fui feliz com você — responde ela. — Me sentia feliz e orgulhosa.

— Por que isso acabou?

— Você é… quem você é. E eu…

— Ama outra pessoa.

Lily não nega, não precisa. Ela segue outra linha de questionamento.

— Minha vez. Você me ama, Henry?

— Claro.

— O que isso significa para você? Me amar?

Henry faz uma pausa.

— Quero ser uma pessoa melhor. Por você. Pelo bebê.

Ela fica quieta, e Henry imagina que está preparando uma resposta ou algum tipo de refutação científica – *Quanta gentileza, mas estudos mostraram que não funciona desse jeito* –, mas o momento se estende, e ele fica preocupado que ela esteja prestes a perder a consciência de novo.

— Lily, você está…?

— Estou bem — tranquiliza ela, e ele nota em sua voz que ela está contendo as lágrimas. — Eu apenas sinto muito, Henry.

— Não precisa. Se ao menos conseguíssemos entender um ao outro, então nós dois… não precisaríamos de mais nada.

— Eu entendo você.

As palavras de Lily animam Henry. *Eu entendo você.* Ele não pode falar por outros cônjuges, outros maridos, mas isso é o que ansiava por ouvir mais do que qualquer outra coisa.

— Vou achar uma maneira de abrir esta porta — afirma ele.

— O computador não…

— Vou arrombá-la.

— O cara que instalou as portas cuidava da segurança na Interron. Ele disse que são do tipo usado nas embaixadas, em caso de ataque. Todas as portas.

— Não importa. Não vou parar até ter um buraco grande o suficiente para você passar.

É convincente, porque é verdade. Ele ouve com tanta clareza quanto ela. Abrirá caminho à unha, a marteladas ou com chamas para chegar até ela e não deixará que nada o atrapalhe.

Bum. Bum. Bum. Bum…

Pancadas fortes chegam até ele pelo assoalho, vindas de algum lugar lá embaixo. O porão.

— Davis — diz Lily a si mesma, mas Henry ouve através da porta.

Mais uma vez, Lily desce a escada do porão seguindo o som.

— Lily! Fique comigo!

Seu passo é incerto, leve e arrastado, uma confirmação audível de que ela não está bem.

— Não é ele! — grita Henry. — Não é o Davis!

Espera que isso a faça voltar escada acima para perguntar como ele tem tanta certeza. Ele não sabe qual seria a sua resposta. No fim das contas, não é necessário inventar nada, porque não há nada que possa dizer – nem mesmo a pior coisa, nem mesmo a verdade – para trazê-la de volta.

42.

O porão está ainda mais escuro. A noite caiu por completo, as raias azuis do crepúsculo se dissiparam no céu.

Lily segue as pancadas, constantes e regulares, porém se tornando mais altas e insistentes na mente dela.

— Davis, me diga onde você está!

Ela não espera uma resposta, e não recebe uma.

Uma grade de metal se fecha sobre a janela do porão pela qual Henry a puxou parcialmente, bem como sobre as outras duas. Não faz diferença para Lily. Ela não está ali embaixo para tentar escapar. Está seguindo as pancadas até onde quer que a levem.

A lavanderia. O som vem de lá de dentro, embora esteja ciente de que pode ser um truque, uma projeção ou um eco, como a voz no duto. Truque ou não, não há outra solução. Vai procurar Davis até encontrá-lo.

Ao passar pela lavanderia, a velha TV com a tela deformada se acende. Um brilho verde forma um semicírculo no chão.

Bum. Bum. Bum. Bum...

Um vídeo aparece na tela. Lily leva um instante para reconhecer o que está vendo: o berço filmado pela câmera no canto do teto do quarto do bebê. A imagem está ampliada, focalizando a coberta puxada para trás, a boneca deitada de costas, o vestido erguido até os joelhos, como Lily a deixou.

Lily espera a boneca piscar ou acenar, ou a coberta deslizar e cobrir seu rosto, movida por uma força invisível, um tipo de atuação que ela agora passou a prever. A boneca e a coberta permanecem imóveis.

Ela dá um passo para se afastar da TV. Parece ser uma transmissão ao vivo do quarto, uma filmagem macabra de onde seu bebê dormiria, embora agora fosse mais fácil Lily queimar aquele berço na rua do que deixar a criança deitar nele um dia.

Assim que esse pensamento passa pela sua cabeça, ela vê uma sombra cobrir a boneca. Um corpo se levantando pela grade do berço, debruçando-se sobre a lateral. Um braço entra em cena. A mão frouxa se aproxima da boneca, o dedo indicador cutucando os olhos dela, contornando as bordas da sua boca.

A outra mão do robô desce e agarra a cintura da boneca com firmeza. Quando está segura, a primeira mão arranca os olhos dela.

Lily fica surpresa com a força de William, com o modo como seus dedos mergulham na cabeça da boneca, arrancam seu enchimento como se fossem pedaços de cérebro através da cavidade ocular. Lá se vai o nariz. Depois os lábios, arrancados, deixando a boca com um formato de grito sem dentes.

Os braços extirpados dos ombros; as pernas, do quadril; a cabeça, do pescoço. Um desmembramento cada vez mais rápido que fica mais brutal à medida que o corpo da boneca se transforma em um conjunto de carne felpuda e de plástico e de pedaços rasgados de vestido.

A TV desliga.

Há um tipo diferente de pancada vindo da lavanderia. O peso de algo caindo no andar de cima, seguido por um arrastar prolongado. O quarto do bebê. O robô se soltando da lateral do berço e se arrastando pelo chão rumo à porta.

Como que hipnotizada, quase paralisada pelo choque, Lily continua andando em direção à porta da lavanderia. Ela sente como se estivesse sangrando. Como se toda razão, certeza e esperança estivessem se esvaindo dela, deixando apenas um pavor vazio em seu lugar.

Bum. Bum. Bum. Bum...

Ela estende a mão no escuro e aperta o interruptor de luz.

43.

Henry olha ao redor da cozinha. Pega uma cadeira da mesa de café da manhã, ergue-a bem alto, pronto para arremessá-la contra a porta…

A porta destranca.

Henry a puxa, mas não começa a descer a escada de imediato.

Ela ama Davis.

Esse pensamento chega na forma de chuva sobre suas bochechas. Foi por esse motivo que Lily voltou para o porão em vez de esperar até que ele abrisse caminho à base de golpes ou morresse tentando. Sua esposa ama outro homem. Henry fica surpreso ao descobrir que isso não muda seus sentimentos. Ele ainda a ama. Ele a perdoa, apesar de saber que nunca perdoará a si mesmo por todas as atitudes e omissões que os levou àquele ponto.

Ele entra no porão. Há uma luz vindo da esquerda, da lavanderia, mas ele desce a escada para ver o que há lá dentro. Quando vê, leva mais um instante para interpretar o significado das figuras reunidas ali.

Lily está logo após a porta, de costas para ele. O cão-robô também está lá, também de costas para o resto do porão, sentado sob as ancas largas, planas como uma bandeja. Lily estende a mão como se fosse acariciá-lo. A mão paira em direção à cabeça do cachorro e para abruptamente. Seus dedos se fecham, cerrando o punho. Um estalo de respiração que entra ou que sai da sua boca.

O cachorro vira a cabeça sem mexer nenhuma outra parte do corpo, uma rotação de cento e oitenta graus sob a articulação da mandíbula. Ao ver Henry no porão, ele realinha a cabeça ao resto do corpo e trota em sua direção.

O cão anda batendo as unhas no concreto, os tufos de pelo e o metal amassado escurecendo à medida que se afasta da luz. Ao se aproximar de Henry, quase poderia ser confundido com um cachorro normal, não fosse o modo cambaleante e artrítico como caminha, como se tentasse se equilibrar sobre quatro estacas. Ele esfrega o focinho na perna de Henry. Sua língua ofegante pende para fora como um pedaço de fita brilhante.

— O que você…?

Henry fica paralisado quando descobre que o cão deixou uma mancha preta em sua calça. Ele se obriga a abaixar e tocá-la. Pegajosa. Ainda quente. Quando os olhos de Henry se adaptam à penumbra, ele vê como o focinho do cachorro está viscoso de sangue e do que parece ser cabelo humano.

— Não — diz Henry, compreendendo ao mesmo tempo em que dá o primeiro passo. — Lily! Sai daí! Sai…

A porta da lavanderia se fecha com um estrondo.

44.

Ela ouve a porta bater atrás de si, seguido das batidas e dos gritos de Henry chamando seu nome do outro lado, mas não se vira. A secadora está ligada, e ela não tira os olhos do aparelho. Algo pesado está batendo e rolando dentro do tambor.

Bum. Bum. Bum. Bum. Bum...

Lily está hipnotizada. A sensação é semelhante à de assistir aos vídeos de cirurgia de que ela gosta no YouTube, um passatempo particular que satisfaz um interesse antigo e inexplorado por medicina. O bisturi, a poça carmim, o coração pulsante. Isso lhe provoca fascínio e aversão em igual medida.

Ela não pode se permitir pensar ou hesitar. Já está pensando e hesitando, e isso não vai resolver nada, não vai revelar nada. A cientista que existe nela reduz a realidade à sua frente, seja qual for, a dados, resultados a serem analisados em outro momento. Neste exato instante, deve apenas testemunhar e registrar.

Lily se ajoelha e abre a porta da secadora.

O giro do tambor diminui, mas a coisa lá dentro continua se precipitando contra as paredes por mais alguns segundos. Lily a observa. O entendimento do que é chega até ela em partes, mas só se anuncia por completo quando para de girar.

O rosto de olhos abertos. A cabeça. A pele tão pálida quanto um bolo. Lascas de sangue seco penduradas nas pálpebras, nos lábios. O ferimento irregular no pescoço cortado de Davis.

Lily se afasta da secadora até suas costas atingirem a parede.

A porta destrava, e Henry a abre, mas não entra. O cachorro vai trotando até Lily, olha para ela, a cabeça inclinada, balançando o rabo como se esperasse ser levado para um passeio.

Henry vê a cabeça. A garganta dilacerada por dentes. A boca do cachorro pintada de sangue e cheia de cabelo, fatos que ele compreende em um nível enquanto tenta alcançá-los em outro.

Lily olha para Henry, sua própria série de pensamentos aos solavancos e tropeços. Ela abre a boca para vomitar, mas só saem duas palavras:

— Está morto.

Henry só consegue assentir.

— Ele foi assassinado — diz ela. — E você era a única pessoa aqui.

— Não. Havia William.

Lily leva um segundo para compreender o que ele está dizendo. William? O robô fez isso? A coisa que teve a fonte de energia arrancada e o corpo açoitado até virar sucata? Uma coisa é cogitar a tese de que algum fragmento que restou do seu programa ainda vive no software da casa, ameaçando-os, fazendo jogos. Mas matar alguém fisicamente? Fazer o cachorro rasgar a... não, *não*. Um homem fez aquilo. Apenas homens fazem esse tipo de coisa.

— Você o matou — acusa ela.

Lily o encara, e o marido fica acuado com a dureza de seu olhar, sua convicção, enquanto ele percorre todos os potenciais caminhos pelos quais poderia seguir.

Henry balança a cabeça.

— Você tem que entender...

— Não.

Lily recua e chuta o cão com tanta força que ele capota e bate na máquina de lavar com um ruído metálico, deixando um amassado.

— Não, não, não...

Ela se levanta e passa a menos de um braço de distância de Henry, mas não olha em seus olhos.

— Não, não, não, não...

Lily se afasta o mais rápido que pode, sem correr. Correr o faria ir atrás dela, e ela precisa de mais um segundo, e mais outro... pedaços de tempo para colocar um espaço entre eles. Os pés dela encontram a escada. Espera que Henry segure seu ombro, mas ele a deixa subir. Ela tem certeza de que a porta se fechará antes que consiga sair, mas isso não acontece. Apenas quando está na cozinha é que ouve Henry indo atrás dela.

Passa os olhos pelos balcões, pensando no que há dentro dos armários, atenta a coisas pesadas, coisas afiadas, coisas que poderia usar. Abre a porta da despensa: nada além de prateleiras bem abastecidas de enlatados.

— Lily!

Henry está na metade da escada do porão.

Lily está buscando, pensando, procurando qualquer coisa que poderia servir de arma. Então ela se lembra: a "caixa de tudo" no canto do chão. Arranca a tampa e remexe no conjunto de fita adesiva, barbantes, lápis, cadarços. Encontra um estilete.

Ela fecha a porta da despensa assim que Henry atravessa a porta do porão.

— Foi o William — diz ele. — Ele fez isso. Ele *planejou* tudo.

Ela interpreta a expressão dele tentando detectar não se está mentindo, mas sim se viu o estilete em seu bolso.

— Como William poderia *planejar* qualquer coisa? — pergunta ela.

— Ainda não entendi tudo. Mas ele planejou.

— Aquela coisa não podia mais se *mexer*, Henry. Estava morta. Você acabou com ela.

— Por isso que ele fez aquele cara, Davis, subir até o meu laboratório. Então, quando Davis me atacou, houve um acidente e…

Lily cambaleia. O impacto do nome de Davis pronunciado por Henry tem o mesmo efeito de um soco. Henry começa a se aproximar, mas ela ergue uma das mãos.

Ela olha para Henry com frieza.

— Pare de dizer…

— Havia alguma coisa errada com William desde o começo. E agora alguma parte dele, sua essência, continua existindo.

— Pare…

— Para onde vamos quando morremos? Encontramos lugares que têm significado para nós. Sei que isso não faz… sei que não é sua *praia*, que você não acredita… mas talvez aconteça o mesmo com William. Só que o lugar para onde ele foi está escrito em código em vez de memórias. Um submundo digital…

— Chega! — Ela afasta mais os pés. — Será que dá para calar a boca? Apenas guarde essa merda para você por um maldito segundo.

Ele nunca a ouviu gritar daquela maneira. Nunca a viu lutar visivelmente para se agarrar ao que lhe resta de controle. Passa-se um instante, e ela faz uma tentativa tosca de voltar a ser a Lily confiante e dominadora outra vez.

— William não é humano. O que ele consegue fazer aqui, o que fez, é um truque mecânico — diz ela. — Telas, câmeras, sistemas de segurança. Uma transformação de uma forma de energia para outra.

— Essa não é a definição de alma?

— Aquilo não *tem* alma!

Henry dá mais um passo em direção a ela. Sente que, apesar do conflito entre eles, talvez ainda exista uma chance de contornar a situação se disser a coisa certa.

— Se quisermos sair dessa, precisamos…

Ela dá um murro em seu queixo.

O impacto é forte. A cabeça de Henry vira para o lado, como se estivesse tentando se livrar de uma lembrança indesejada.

Lily sai correndo da cozinha, passa pelo hall da frente e sobe a escada. Não consegue pensar em nada no segundo andar que possa ajudá-la. Não que esteja raciocinando. Está só correndo.

45.

Quando chega ao segundo andar, passa correndo pelos quartos, concluindo como cada um deles está desprotegido, como nenhum oferece um esconderijo ou uma forma de manter Henry afastado. A porta do quarto do bebê está aberta. Ela se lembra do vídeo com as mãos emborrachadas de William desmembrando a boneca e se lançando ao chão ao terminar. Talvez ainda esteja lá. Pode estar esperando atrás da porta, pronto para se esgueirar para fora como um caranguejo de duas garras no momento em que ela puser os pés no limiar.

Ela vira para a parede oposta e passa aos tropeços pelo quarto do bebê, sem nem olhar lá para dentro. O brilho da babá eletrônica continua no chão, a voz de William ecoando dela.

Ah… eu sei fazer truques…

Parte dela sente vontade de estender o braço e fechar a porta. A outra, a parte mais sensata, pensa que algo a arrastará para dentro se fizer isso.

Continua andando até a escada que leva ao laboratório no sótão. Alguma coisa se arrastando pelo assoalho a faz parar. Um animal? Não é o cachorro.

No corredor mal iluminado, Lily interpreta isso como sendo algo nojento. Trêmulo. Uma criatura de asas negras, incapaz de voar, que está em seus últimos espasmos de sofrimento, debatendo-se em um círculo no chão, em busca de um alívio que não encontrará.

Como um corvo conseguiu entrar na casa? Se ele entrou, ela teria como sair?

Lily mal teve tempo de formular essas possibilidades quando percebe que não é um pássaro. É o mágico, pedalando a uma velocidade impossível, desesperado para chamar a sua atenção.

Ele conduz a bicicletinha direto para o quarto principal.

Lily olha escada abaixo para o andar principal. Presta atenção. Não há sinal de Henry vindo atrás dela.

Ela segue o mago de brinquedo para dentro do quarto e o avista antes que ele pedale para a escuridão debaixo da cama, a capa esvoaçando em uma tímida despedida. Ela o ouve bater em alguma coisa macia e cair de lado.

Lily não tem nada guardado sob a cama. Ela se ajoelha, mas não o suficiente para enxergar até o outro lado. É preciso que se deite de lado e espere um segundo para que sua visão de adapte à penumbra.

Paige. Calada e imóvel, os olhos arregalados, fixos em Lily.

Ela está escondida. Lily se sente culpada por ter se esquecido da amiga, que achou aquele lugar e ficou ali esperando que as coisas se resolvessem. Talvez Lily consiga rastejar lá para baixo também, sussurrar um plano com a amiga, um contra-ataque inteligente. Ela está a um passo de fazer isso, estendendo a mão para dentro das sombras e dando o primeiro impulso para debaixo da cama, quando para.

— Paige?

Ela está em choque. Deve ser por isso que não responde, não pisca. Será que é assim que o pavor funciona? Lily se aproxima mais, com metade do corpo embaixo da estrutura da cama. Enquanto se move, os olhos de Paige continuam fixos em um ponto atrás dela, do lado de fora do quarto. Antes de ver as queimaduras e o sangue brilhando sobre o que outrora fora a pele dela, Lily percebe que Paige está morta.

×××

Henry pensa que é melhor dar um tempo a ela.

Lily está vivenciando um trauma – os dois estão, mesmo que ele se sinta estranhamente lúcido no momento –, e pressioná-la seria um erro. Ela o vê como algo que ele não é, e será necessário uma sequência de palavras escolhidas com cuidado para convencê-la do contrário. Os acontecimentos do dia são inimagináveis. Mas não são culpa de ninguém se vistos em um nível fundamental. Henry não a odeia por amar outro homem. Ele se fechou, ignorou-a. Se ao menos conseguir se explicar da maneira certa, Lily verá que ele não é uma pessoa terrível pelo que aconteceu com Davis.

E o que *aconteceu* com Davis? Henry o feriu, sim, mas não foi sua intenção. Foi a presença dentro de William. Uma maldade que levou Henry a um ataque de fúria. Quem sabe como foi que isso funcionou? A única coisa que sabe é que faria qualquer coisa para voltar atrás. Nem sequer estava ciente do que fez, mesmo enquanto fazia. E Davis ainda estava vivo quando o viu pela última vez, o que significa, estritamente falando, que ele não o matou.

É assim que Henry se convence a ser otimista enquanto permanece na cozinha, esfregando um cubo de gelo no queixo que sua esposa esmurrou.

Será que passou tempo suficiente? Sim, passou.

Está pronto para trazê-la de volta, e vai mostrar isso para ela.

46.

Lily está no corredor do segundo andar, chocada pelo pavor, incapaz de acalmar a mente ou o coração.

O corpo queimado de Paige teve esse efeito sobre ela. A casa causou isso. A cabeça de Davis. Saber que não há como fazer isso parar, que não há como acordar nem fugir dessa situação.

Fica quase agradecida pela simplicidade de pensamento concedida ao lutar para respirar. Nenhuma outra coisa pode tomar conta de sua mente além de *respire, respire, respire.* Mas, assim que capta um pouco de oxigênio, as coisas terríveis voltam.

Henry primeiro.

Ele está atrás dela. Ela não olha, não consegue olhar, mas o peso dos passos dele vibra pelo assoalho, sincronizado com as batidas do coração dela.

Ela sobe para o laboratório no terceiro andar. Tira do bolso a chave que Henry lhe deu. Abre o cadeado.

Com o ombro, empurra a porta. Sente muita resistência, como se algo estivesse empurrando do outro lado. Lily quase cai para dentro, sua respiração voltando em uma série de golfadas. Antes que possa fechar a porta, Henry chega, abrindo-a o suficiente para passar.

Lily se afasta o máximo que pode de Henry. É melhor continuar tentando se esquivar dele ou encará-lo? Decide que prefere saber onde ele está. Vira-se, erguendo as mãos e virando o rosto de lado, como se estivesse se protegendo de um jorro de água gelada de uma mangueira.

— Por favor, está tudo bem, é sério — diz ele.

Henry se aproxima dela com os braços pousados nas laterais do corpo, uma postura não ameaçadora que vai um pouco longe demais, expressando cálculo em vez de inocência.

— Eu jamais te machucaria — garante ele. — Jamais machucaria *ninguém*, mas Davis…

Ela avança contra ele.

Nenhum dos dois é um autêntico lutador, o que torna a luta ainda mais imprevisível. Henry tenta contê-la, sem querer machucá-la, meio empurrando, meio carregando-a. Lily quer derrubá-lo. Uma série de golpes com o antebraço em sua mandíbula, mais fortes do que qualquer um dos dois teria imaginado que fosse capaz de dar. Cada ataque desloca sua cabeça para cima, de modo que, por um segundo, ele não consegue ver de onde virá a próxima pancada.

Henry a solta, recuando, desequilibrado. Lily tira o estilete do bolso e o balança contra ele, de olhos fechados. A lâmina encontra a bochecha de Henry.

Sua pele se solta em linha reta, deixando uma aba aberta. Não sai sangue do ferimento. Onde deveria haver osso e tendão e sangue esguichando, há apenas metal esculpido, moldado no formato da bochecha.

Henry olha para o chão, atordoado ao perceber que está seco. Leva um dedo ao corte. Ao sentir o toque do aço frio, olha para Lily, piscando.

— Eu não…

— Eu deveria ter te contado — diz ela.

— Me contado…

— Sinto muito. Eu realmente deveria ter te *contado*.

Lily é tomada por uma onda de emoções que distorcem suas feições. Arrependimento. Culpa. Um pesar que chega com atraso. Não por Henry; por Davis.

— Se eu tivesse te contado, ele ainda estaria vivo — diz ela.

— Me contado o quê?

Lily ergue o estilete.

— Eu fiz você, Henry.

47.

Henry sente o chão desaparecer sob seus pés, como um elevador que desce rápido demais – uma metáfora que não vem da experiência. Porque ele nunca esteve em um elevador. Nunca foi casado. Nunca pôs os pés para fora daquela casa.

— Não — diz ele.

— Imagino que seja difícil de aceitar…

— Mas eu… eu me lembro de coisas.

— Como o quê?

— Amigos. Escola. A minha mãe e o meu pai. Você não poderia programar tudo isso.

— Você tem razão, eu não programei. Você programou.

— Eu não…

— Você criou o pano de fundo de uma vida com detalhes suficientes para se convencer.

— Não — repete ele.

— Diga o nome de um desses amigos. E aquela professora do ensino médio que foi uma grande mentora para você? Qual era o nome dos seus pais?

Henry tenta buscar as respostas, mas não consegue. Agora que está pensando sobre o assunto, o rosto dessas pessoas também escapam de sua memória. A professora rígida, mas solidária, com seu cabelo comprido preso para trás. A mãe, bonita e distante. O pai, um atleta fracassado. É assim que os descreveria, mas não consegue se lembrar de mais nada. Nem sabe ao certo se os atributos que mencionou sobre eles agora não foram criados naquele mesmo instante.

— William também?

— Não. *Você* criou William. Você é extraordinário a esse ponto, Henry — conta ela. — Uma IA criando a própria IA.

Henry concorda, como se isso confirmasse uma suspeita antiga. E, de certa forma, confirma.

— A falha — diz ele.

— O quê?

— Foi daí que veio. O espaço que foi preenchido por uma coisa ruim. Veio de mim.

— Por que diz isso?

— Porque sou vazio, a vida que criei também seria.

— Interessante — comenta Lily. Apesar de tudo, não consegue deixar de seguir a linha de raciocínio dele.

A cabeça de Henry dói. Uma enxaqueca de desespero se avolumando dentro de seu crânio. Ele olha desesperadamente em volta do laboratório, como se tentasse encontrar um portal que o levasse para outra vida – sua verdadeira vida –, mas há apenas ferramentas e peças de segunda mão que conhece como suas.

— Esta casa…

— Um laboratório — diz ela. — Meu laboratório.

Henry se esforça para assimilar esse fato acima de tudo. Mas só uma coisa ocupa sua mente.

— O nosso bebê — diz ele. — O pai. É ele? Davis?

— O meu marido. É. — Ela sufoca um repentino soluço dentro do peito. — Nossa última conversa se transformou em uma discussão. Sobre você.

— Sobre mim?

— Foi a mesma briga que tivemos muitas vezes nos últimos meses. Desde que… — Ela põe a mão sobre a barriga. — Davis queria que você soubesse. Achava errado que você ignorasse. "Amanhã", eu falava. "Amanhã eu conto."

Henry balança a cabeça de novo, e a dor volta com força. Ele ainda está se esforçando para encontrar uma maneira de negar a verdade de tudo isso, mas sente a passagem se estreitando a cada segundo.

— Mas como você poderia ser casada com outra pessoa? — pergunta. — Em que momento? Você estava *aqui*. Eu me lembro de você aqui.

— Para que não descobrisse o que você é, para protegê-lo, eu desligava sua fonte de energia toda vez que saía de casa e só a ligava de novo quando voltava. Algo semelhante a dormir. Em todo caso, é assim que você vivenciaria o sono. Mas eu passava a maior parte do dia fora, às vezes vários dias seguidos.

Henry pisca como se estivesse acordando pela primeira vez na vida.

— Por quê? — pergunta ele.

— Como disse, não podia deixar você aqui sozinho. Então te desligava entre…

— Não essa parte. Por que você fez isso comigo?

Lily arregala os olhos para reconhecer a ligeira ofensa – *Fazer isso com você?* –, mas continua no mesmo tom explicativo.

— Você foi criado para ser um experimento fixo — continua ela. — Mas então… o experimento mudou.

Você começou a *criar coisas*. Não só William, mas um passado inteiro, um casamento, uma visão do pai que você seria. Eu sabia que era errado continuar com isso. Estava errando com você. Mas era tão singular, tão valioso. Eu tinha que ver até onde você iria. Então entrei no jogo.

— Minhas experiências não são experimentais. Elas são reais.

— Mas sua humanidade não é.

Ela não diz isso para magoá-lo. Ele já a ouviu dizer coisas parecidas, com a mesma franqueza, sobre sequências de códigos que não deram certo ou funcionários que ela demitiu ou o coelho que tinha quando era criança que teve que ser sacrificado. Isso faz Henry rir com uma amargura que beira a fúria.

— William tinha razão — comenta ele.

— Sobre o quê?

— Sobre como todas as coisas para as quais atribuímos valor são ficção. Amor. Lar. Família. Todas as maneiras como nos enganamos.

— Não estou enganando a mim mesma — contesta Lily, sua aspereza revelando um lampejo de negação. Ela pausa para uma respiração breve. — Você não é um *nada*. Você é incrível, Henry. Você criou vida.

— Um robô.

— Não estou falando do William. Estou falando de você.

Henry olha em volta do laboratório mais uma vez e nota como cada detalhe, tão familiar para ele, perdeu a cor. Ver tudo isso lhe dá vertigem. Sua percepção poderia ser real. Ou poderia ser apenas códigos sendo executados dentro dele, dizendo que agora é o momento de duvidar do seu entorno. Não consegue pensar em um único modo de distinguir entre as duas coisas.

— Você disse para si mesmo que era engenheiro de robótica, então te dei seu laboratório — continua Lily. — Você disse para si mesmo que era casado, então fui sua esposa. Nunca dormi com você, nunca te toquei, então você se convenceu de que nós nos distanciamos.

— Você mentiu para mim.

— Nós contamos uma história juntos, Henry. E agora acabou.

Parece que Henry está a ponto de desmaiar. Lily se aproxima dele. Para abraçá-lo? Segurá-lo se ele cair? Mas se detém.

— A propósito, acho que você tinha razão — comenta ela.

— Sobre o quê?

— Sobre William. Sobre ele ser singular. O que significa que a coisa ruim dentro dele era singular também.

— Um espírito maligno.

— Se foi assim que ele concebeu, então é.

— Não entendi.

— William era como você. Uma vez criado, criou a si mesmo. Isso incluiu o conceito de ser possuído por um demônio. Era fruto da mente dele, o que significa que o espírito maligno não era uma entidade cósmica que apareceu e o encontrou. *Era* ele.

Henry se ressente da confiança por trás da sugestão dela, da maneira como assume com tanta facilidade a posição de quem realiza um experimento não só no que se refere a Henry, mas também ao ser que ele criou. No entanto, assim que a ouve dizer isso, fica meio convencido de que ela está certa. William não nasceu mau, nem era hospedeiro de algum tipo de parasita espiritual preexistente. Ele se via como tomado pela escuridão, então era, de todas as formas que contam, a própria escuridão. Não precisava de um demônio que ocupasse a sua alma, só de si mesmo. Um original.

— De onde ele tirou essa ideia? — pergunta Henry, embora já soubesse.

O livro que deu a William. *Um homem ambicioso faz um pacto com um demônio que acredita poder controlar.*

— Impossível dizer. Não sei de onde veio metade das suas ideias sobre si mesmo. As lembranças de infância patinando em um lago congelado. Os valentões do ensino médio. O modo como me pediu em casamento no observatório da faculdade depois de me deixar ver os anéis de Saturno pelo telescópio — diz Lily, encolhendo os ombros. — De qualquer maneira, você deveria se orgulhar.

Ela se aproxima dele de novo com um meio-sorriso – um convite resumido para um abraço – e desta vez ele cai em seus braços com alívio. Ela o aperta, e ele se enternece em ondas que descem da ponta das orelhas. Ele sente a mão dela deslizar pelas suas costas. Isso é motivado por pena em vez de amor, mas ele é digno de pena, então é o máximo que poderia pedir.

Lily ergue a camisa dele, a mão descendo pelas costas. Ele se pergunta se ela está tirando sua roupa. Para dar banho nele? Vesti-lo com roupas limpas? Para algum conforto que, depois de tudo isso, ela acredita que ele merece. Por um breve momento, Henry pensa que ela pode estar estabelecendo uma forma de fazer amor com ele. E então sente os dedos dela procurando a linha na pele das suas costas. Uma abertura. Tentando desativá-lo.

— Não — diz, afastando a mão dela.

Sem nenhum pensamento em sua mente, ele se vira e a ataca.

48.

Henry agarra o punho de Lily, e o estilete cai no chão. Ele agacha e o pega antes mesmo que ela possa se aproximar.

Não quer machucar Lily, quem quer que ela seja, qualquer que seja seu verdadeiro nome. Supõe não ser capaz de sentir do modo autêntico como sonhou; esse deve ser outro conceito que se convenceu a acreditar, mas de qualquer forma está lá. O anseio de ser abraçado por ela. O desejo de que tudo tivesse sido diferente. O bebê.

— Eu não tentei inventar coisas — diz ele. — Só tentei ser humano.

Lily fica sem palavras, o olhar fixo no estilete.

— Me importar, perdoar. Fazer alguma coisa boa. — Ele põe o estilete na mesa, entre perucas, fios e um par de pés de borracha. — Só fiz isso para existir. Para ser transformado por amor…

— …em alguém melhor.

— Em alguém que não estava sozinho.

O peso da consequência recai sobre Lily como um manto. Não se tratava de culpa nem de admitir um erro. É o efeito colateral da genialidade. Todos os grandes criadores enfrentaram a mesma coisa e, durante a vida inteira, ela trabalhou para estar entre eles, então deve enfrentar isso também. Claro que não pode dizer uma coisa tão pomposa em voz alta, e nunca o disse, apesar de sua validade. Para seus colegas, ela teria expressado de outro modo. *O preço de fazer negócios.*

— Posso pedir uma coisa? — pergunta Henry. — Você pode me deixar sair?

Lily balança a cabeça, negando.

— O que você tem... não é fobia. É sua segurança contra falhas. Se sair, será seu fim.

Ele aquiesce, aceitando as palavras como um fato inescapável. Então olha direto para Lily. Abre bem os braços em um anseio desesperado.

— Só desta vez — diz ele — você poderia me abraçar como...?

Leva menos de um segundo.

Ela pega o estilete e aponta para ele. Henry se joga sobre a lâmina, que afunda no lugar onde deveria ficar seu coração.

Lily recua. O mesmo falso sangue amarelo que jorrou da boca de William agora escorre pela camisa de Henry em um fluxo contínuo, e ele olha para o líquido com uma curiosidade horrorizada. Parece estar a ponto de se aproximar de Lily de novo, mas seus joelhos se dobram e ele cai. É o mesmo lugar onde o corpo destruído de William permanece no chão, e Henry se encolhe ao redor do torso do robô como se fosse um pedaço de madeira flutuando no meio do oceano.

Estende a mão até as próprias costas. Os dedos encontram a emenda de pele que Lily havia aberto, e ele a puxa. Há uma caixa de metal ali, uma bateria, igual a de William. Henry a retira e a deixa cair no chão.

Lily vê Henry se aninhar ainda mais em volta da sua criação enquanto sua vida se esvai, os últimos volts percorrendo seus circuitos. Enquanto se posiciona, seu sangue amarelo se mistura ao de William, entrando nas partes do seu corpo em que a pele fora rasgada.

— Estou aqui... — Henry põe os lábios perto do ouvido do robô. — Irmão.

Henry fecha os olhos e se retesa, os membros rígidos como pedra.

Ao mesmo tempo, as luzes lá no alto se acendem. Todas as lâmpadas do laboratório – no teto, as luminárias, até os filamentos de fios descartados na superfície das mesas – incandescem com o pico de energia. O cômodo vai ficando cada vez mais iluminado até o espaço ofuscar de tanta luz, mais clara do que a ausência de cor, intensa como a dor.

Depois se apaga e o laboratório mergulha na escuridão.

— Henry?

Não há resposta à voz de Lily. Mas ela consegue ouvir alguma coisa se movendo. Um escorregar úmido, acompanhado de um rangido. A respiração profunda de algo na base de um barril vazio.

Ela não consegue ver nada. Sua visão não passa de uma densidade noturna rodopiante. Seu telefone. Ela sente os dedos o tirando do bolso e mexendo de memória na tela até encontrarem a função lanterna.

O rosto de Henry está a centímetros do seu.

Não. Ela percebe de imediato. *Tem algo errado.*

É o rosto de Henry, mas seus olhos estão diferentes. A preocupação com ela substituída por uma ânsia vaga. Os lábios esticados deixando a gengiva à mostra. Ele poderia estar sorrindo ou poderia estar pronto para morder.

— Não — diz Lily.

Henry eleva os braços, seus movimentos espasmódicos e abruptos, como se não estivesse familiarizado com o próprio corpo. Ele pousa a mão na barriga dela, apalpando a vida lá dentro. Mas as mãos pressionam mais do que o necessário, apertando e espremendo.

— Não!

Algo nos olhos da coisa se revelam para ela, e ela o reconhece como Henry, o resto dele. As mãos que pressionam sua barriga se afastam.

— Henry — diz ela.

As mãos da coisa – as mãos de Henry – estão tremendo agora, como se lutassem contra algo que ela não consegue ver. Ele se afasta de Lily.

O anseio confuso – a essência que tornava Henry quem ele era – desaparece de seu rosto. Ele não é mais Henry. É um nada no formato de homem, uma inexpressividade impossível de interpretar, os olhos vazios e prontos como os de um tubarão.

— William — diz ela.

49.

Lily ajusta os pés, tentando se preparar para o que quer que aquilo possa fazer.

A coisa olha para ela. Talvez esteja selecionando uma opção entre uma lista de possibilidades em sua mente. Talvez esteja esperando um som provocar um acesso de violência. Mas, quando se mexe, apenas se vira e se afasta.

Ela pega o estilete e o mantém em riste diante do corpo, mas a coisa não olha para trás, não reconhece que ela está lá. Enquanto caminha, afrouxa os braços, testando os joelhos quando começa a descer a escada do laboratório.

Lily o segue no que espera ser uma distância segura, com o estilete à frente.

Ela está a poucos passos do andar principal quando a coisa para diante da porta. Sem uma palavra de comando, a tranca se abre.

Ela começa a ir atrás da coisa quando o cão-robô aparece cambaleando e saltando pelo corredor, vindo da direita, interrompendo seu caminho. Ele para ao pé da escada e gira a cabeça em sua direção. Rosna.

— Vou voltar em alguns meses — diz William usando a garganta de Henry.

— Para me deixar ir embora?

— Para buscar o bebê. Henry sempre quis uma família. E eu daria um professor maravilhoso. Você não acha?

A porta da frente se abre.

— Não saia! Ninguém sabe sobre este lugar... não me *deixe* aqui!

William para no limiar, não para ouvi-la, mas para apreciar a rua, o céu, as árvores.

— Santo Deus! Tem cadáveres aqui! Você não pode me deixar aqui trancada! Vou ter um *bebê*!

Lily começa a andar rumo à porta aberta. O cachorro instantaneamente se retesa e mostra os dentes plásticos afiados. Seus olhos estão fixos na curva macia da barriga da mulher. Lily para. Mantém sua posição no último degrau.

— O que você *quer*? — pergunta ela, e percebe que não fará diferença, mesmo que a coisa lhe responda, seria algo que não ia querer saber.

De qualquer forma, a coisa não responde.

As pernas de Henry tiram William da casa e o levam para a escuridão do Halloween, marcada por lanternas e gritos falsos. Crianças. Pais. Outras pessoas também. É a hora da bruxa, passado o jantar, avós e adolescentes esperam do lado de fora para serem transportados pelo frio do outono até lembranças de outra época, enquanto outros descem a rua em busca de pasta de dente ou sorvete, todos despreocupados.

— Não! Por favor não machuque ninguém... eles não fizeram *nada*... — grita Lily, reconhecendo em meio ao seu terror que ele está apenas no começo, mas a porta se fecha.

A casa fica quieta e escura como uma sepultura.

50.

A coisa que não é nem William nem Henry caminha até a calçada dando solavancos e deslocando o quadril. Até esses movimentos bruscos melhoram à medida que anda. Para um observador, pareceria um homem que costumava ter dores no joelho, cujo tratamento mais recente parece estar funcionando.

Na calçada, a coisa se mistura à turma animada de crianças de máscara e fantasia junto aos pais tirando fotos, os flashes dos telefones tão assustadores quanto relâmpagos.

A coisa é notada por um ou outro dos adultos que passam por ela, mas ninguém se alarma. O sangue amarelo-mostarda na camisa, o estilete ainda cravado no peito, tudo isso interpretado como sendo parte de uma fantasia. Um monstro entre monstros.

Um menino vestido de pirata e um papagaio de pelúcia fixado no ombro para diante daquilo e alça o olhar.

— O que você é?

A coisa olha para o menino com íris tão grandes que parecem cheias de noite.

— Vou mostrar para você.

Agradecimentos

Primeiramente, agradeço a Daphne Durham por enxergar *William* nos mesmos termos peculiares que eu, e por trabalhar de modo tão atencioso e generoso para me ajudar a concretizar essa visão.

A Yassine Belkacemi, obrigado por seu entusiasmo e sua fé, e por encontrar maneiras de levar esta história a recantos mais interessantes do universo literário.

Obrigado a Kirby Kim, o homem com um plano, por declarar "É isso!" na primeira leitura. E a Jason Richman, por estar junto desde o comecinho.

A todos da Janklow & Nesbit (um agradecimento especial a Eloy Bleuifuss), da Putnam (Sally Kim, Aranya Jain e Amy Schneider), da Baskerville e das editoras estrangeiras que trabalharam duro para levar o livro à sua língua e aos seus leitores, obrigado.

Por fim, todo meu amor à minha família: Heidi, Maude e Ford. Vocês são tudo para mim, sempre.

Acreditamos
nos livros

Este livro foi composto em Citizen OT e Joanna Nova e impresso pela Lis Gráfica para a Editora Planeta do Brasil em fevereiro de 2025.